Zu diesem Buch

René Myrtil soll sterben: Im Morgengrauen soll er mit dem beklemmenden Pomp der juristischen Maschinerie auf die wesentlich einfachere Maschine geschnallt werden, der ihr Erfinder, der Arzt Guillotin, seinen Namen gegeben hat. René Myrtil ist ein Mörder.

Ein reuiger Mörder allerdings – zum Erstaunen aller, die ihn kennen. Er hat seinen Körper der Wissenschaft vermacht, damit ein atemberaubendes Experiment durchgeführt werden kann: die ‹totale Transplantation›, die Professor Marek entwickelt und im Tierversuch erprobt hat. Jedes Glied, jedes Organ, jede Organgruppe kann von einem Hund auf den andern übertragen werden. Wird es beim Menschen auch gelingen?

Es gelingt. Myrtil wird hingerichtet; seine Leiche wird unter strengster Beobachtung aller denkbaren Geheimhaltungsmaßnahmen in Mareks Klinik überführt, um dort auf sieben Verkehrsopfer aufgeteilt zu werden. Alle sieben überstehen die Operation und befinden sich schon auf dem Weg der Besserung – da begeht einer von ihnen Selbstmord. Dann ein zweiter. Und ein dritter ... Eine Selbstmordepidemie bricht aus unter den sieben, die sich vorher nicht kannten und die nichts miteinander gemein haben als die ‹Teilhaberschaft› am Körper des toten Mörders.

Die Behörden – die wenigen, die überhaupt von dem Experiment wissen – sind aufs höchste beunruhigt. Hat die ‹totale Transplantation› psychische Folgen, die nicht vorauszusehen waren? Oder – sind es gar keine Selbstmorde?

Pierre Boileau *und* Thomas Narcejac *waren beide schon mit dem Grand Prix du Roman d'Aventure ausgezeichnet worden, ehe sie ihre schriftstellerische Zusammenarbeit aufnahmen, in deren Verlauf zahlreiche Kriminalromane entstanden, von denen einige Preise erhielten und mehrere verfilmt wurden. In der Reihe der rororo-thriller liegen von ihnen noch vor:* Parfum für eine Selbstmörderin *(Nr. 2174),* Appartement für einen Selbstmörder *(Nr. 2209),* Das Geheimnis des gelben Geparden *(Nr. 2232),* Die trauernden Witwer *(Nr. 2238),* Gesichter des Schattens *(Nr. 2251),* Das Leben ein Alptraum *(Nr. 2319),* Tote sollten schweigen *(Nr. 2349) und* Der Commissaire und andere unfreundliche Geschichten: Bd. 1 *(Nr. 2364). Der vorliegende Band wurde 1965 mit dem Grand Prix des schwarzen Humors ausgezeichnet. Weitere Romane des Autorenpaares sind in dieser Reihe geplant.*

BOILEAU/NARCEJAC

Mensch auf Raten

KRIMINALROMAN

ROWOHLT

rororo thriller · Herausgegeben von Richard K. Flesch

DEUTSCHE ERSTAUSGABE

1.–13. Tausend	März 1967
14.–18. Tausend	Juli 1967
19.–25. Tausend	April 1968
26.–30. Tausend	Oktober 1969
31.–35. Tausend	August 1970
36.–40. Tausend	Oktober 1971
41.–45. Tausend	September 1972
46.–50. Tausend	November 1973
51.–55. Tausend	Februar 1975
56.–60. Tausend	Januar 1976

Veröffentlicht im Rowohlt Taschenbuch Verlag GmbH,
Reinbek bei Hamburg, März 1967
Die Originalausgabe erschien bei Éditions Denoël, Paris,
unter dem Titel «. . . Et mon tout un homme»
Aus dem Französischen übertragen von EVA ROTTENBERG
Umschlagentwurf: Heinz Edelmann / Klaus Kammerichs

Gesetzt aus der Linotype-Aldus-Buchschrift
und der Palatino (D. Stempel AG)
Gesamtherstellung Clausen & Bosse, Leck/Schleswig
Printed in Germany
380-ISBN 3 499 42115 1

Die Hauptpersonen

Andreotti	glaubt an die Staatsräson
Prof. Marek	glaubt an die Wissenschaft
René Myrtil	glaubt nur an sich selbst und stirbt daran
Régine Mancel	glaubt an die Liebe und leidet darunter
Simone Gallart	leidet unter einer Liebe, an die sie nicht glaubt
Olivier Gaubrey	glaubt, ein Maler zu sein
Étienne Éramble	glaubt so leicht nichts
François Mousseron	glaubt an den Erfolg
Albert Nérisse	glaubt nicht an den Erfolg
Antoine Leviret	glaubt an Gott
Francis Jumauge	glaubt an gar nichts mehr
Garric	glaubt an sein Recht

Der nachstehende Bericht ist authentisch. Darum scheint es dem Erzähler geboten, vorsichtshalber sämtliche Namen zu verändern. Sollte jemand meinen, sich in der einen oder anderen Person wiederzuerkennen, nimmt er damit zugleich einen Teil der Verantwortung für diese seltsame Geschichte auf sich.

Monsieur le Président de la République,

ich erlaube mir, Ihnen heute diesen Bericht vorzulegen, denn ich habe gute Gründe zur Annahme, daß Ihnen die Affäre René Myrtil nicht dem wahren Sachverhalt gemäß dargelegt worden ist und daß Ihnen gewisse Aspekte, die höchstens zwei oder drei Personen bekannt sind, systematisch verheimlicht wurden. Die Berichte, die ich seit dem 19. April regelmäßig dem Polizeipräfekten übergeben habe, waren nur eine Art Gedächtnisstütze, und das Ende dieser grauenhaften Affäre ist nie schriftlich festgehalten worden. Daher erscheint es mir unerläßlich, nochmals alle jene Geschehnisse aufzurollen, die man, einzeln beachtet, unterschiedlich beurteilen kann; die jedoch, zusammen genommen, eine so erschreckende Bedeutung gewinnen, daß es vermutlich noch niemand auf sich genommen hat, Sie zu unterrichten. Meine Rolle hätte sich auf die eines Beobachters beschränken sollen. Aber die weitgreifenden Befugnisse, die man mir übertragen hatte, machten mich nolens volens zum Detektiv und halfen mir, einem gräßlichen Geheimnis auf die Spur zu kommen. Was ich zu enthüllen habe, geht unmittelbar die höchste Autorität in unserem Staate an. Meine Eröffnungen eignen sich allerdings nicht für die Form eines trockenen Berichts, der doch nur unglaubwürdig erscheinen müßte; ich halte es für besser, zu schildern, wie ich die Wahrheit, immer wieder vom Zweifel geplagt, nach und nach erkennen mußte. Der besseren Verständlichkeit wegen ist es nötig, weit auszuholen und die Ereignisse in allen Einzelheiten zu schildern, ohne jemanden zu schonen. So mag dieses Dokument, das nach Lage der Dinge eher einem Roman gleichen wird, sowohl der Justiz als auch der Wissenschaft dienen.

Ich wurde am 19. April um elf Uhr vormittags zum Polizeipräfekten gerufen. Das wäre an sich überraschend gewesen, denn der 19. April war ein Ostermontag, und das gesamte Personal der Préfecture hatte frei; doch hatte Andreotti, der Präfekt, schon am Freitagabend zu mir gesagt:

«Eh, Garric ... Verreisen Sie nicht, ja? Ich werde Sie bestimmt am Sonntag oder Montag brauchen.»

Ich bin seit Jahren einer seiner engsten Mitarbeiter; seine Stimme verriet mir gleich, daß es sich um etwas Ernstes handeln mußte.

«Irgendeine große Sache?» fragte ich. «Was Politisches etwa?»

«Keine Spur. Ich kann Ihnen noch nichts Näheres sagen. Aber fahren Sie zum Wochenende nicht weg!»

Während der folgenden achtundvierzig Stunden stellte ich die ausgefallensten Vermutungen an. Als ich schließlich Andreotti gegenüber saß, hatte sich meine Neugier derart gesteigert, daß mir unsere Unterredung wie ein Stenogramm im Gedächtnis haftenblieb. Andreotti war besorgt. Er bot mir eine seiner kleinen holländischen Lieblingszigarren an und kam gleich zur Sache.

«Mein lieber Garric, Sie ... eh, Sie sind doch katholisch, nicht wahr?»

«Ja, Monsieur le Préfet.»

«Antworten Sie mir ohne Umschweife; wenn Ihnen die Aufgabe, für die ich Sie vorgesehen habe, nicht zusagt, lehnen Sie ruhig ab. Dann muß ich ... Ich werde schon einen anderen finden. Aber, unter uns gesagt – es wäre mir lieb, wenn Sie annähmen. Sie sind der richtige Mann dafür. Es ist eine besonders heikle und schwierige Aufgabe, die man eher mit moralischen Bedenken als mit wissenschaftlicher Neugier anpacken sollte.»

Er erhob sich und trat ans Fenster. Unten breitete sich die menschenleere Stadt aus. Ich war einigermaßen verblüfft. Andreottis sichtliche Verlegenheit hatte sich auf mich übertragen ... Ich glaube, daß es nicht unwichtig ist, diese Einleitung genau wiederzugeben, denn das Wesentliche an dieser Affäre sind die großen Zusammenhänge. An diesem Ostermorgen ahnte niemand, wie folgenschwer ein Entschluß sein könnte, der alles andere als leichtfertig gefaßt worden war. Wenn aber die Stunde einer Schlacht endgültig festgesetzt ist, wenn die Zukunft nur noch Glück oder Unglück bedeuten kann, dann wiegt jede Sekunde unendlich schwer; alles zählt, jede Einzelheit ... Ich höre noch den gedämpften Schritt des Präfekten auf dem dicken Teppich; ich sehe noch das flimmernde Sonnenlicht auf den vergoldeten Ornamenten der Schreibtischkante vor mir.

«Nehmen Sie es mir nicht übel», nahm Andreotti das Gespräch wieder auf, «aber was ich Ihnen jetzt sage, ist streng vertraulich ... Habe ich Ihr Ehrenwort, daß Sie keinem Menschen wiederholen werden, was Sie jetzt hören?»

«Sie haben mein Wort, Monsieur le Préfet. Im übrigen bin ich unverheiratet, ich habe keine Freundin, und in meiner Freizeit befasse ich mich mit Parapsychologie, und derlei pflegt man als Beamter nicht an die große Glocke zu hängen ... Nein, die Gefahr, daß ich aus der Schule plaudere, ist wirklich nicht groß.»

«Ja, ich weiß ... Ich danke Ihnen, Garric. Also: Kennen Sie Professor Marek?»

«Nur dem Namen nach. Ist das nicht der Chirurg, der diese aufsehenerregenden Operationen an Hunden ...?»

«Richtig. Aber das ist schon eine Weile her. Inzwischen hat er ... Garric, ich sage Ihnen – wenn der Mann die Mittel hätte, die manchen Forschern in Amerika zur Verfügung stehen, würde er die gesamte Chirurgie revolutionieren.»

Er hielt mir ein Foto hin. Ich sah ein seltsam runzliges Gesicht mit stark ausgeprägten Stirnfalten. Die Nasenflügel und der Mund waren von einem Netz kleiner Fältchen umgeben; die schwarzen Augen waren ohne Wärme, der etwas starre Blick abgewandt. Der kurze angegraute Bürstenschnitt gab die kräftigen, leicht abstehenden Ohren frei. Unten auf dem Bild las ich: *Anton Marek*.

«Er ist gebürtiger Tscheche», sagte Andreotti. «Während des ungarischen Aufstandes ist er nach Frankreich geflüchtet und hat sich in Ville-d'Avray niedergelassen. Wenn Sie dort sind, werden Sie seine Klinik sehen. Sie ist sehr typisch für ihn. Marek ist nämlich ... Wie soll ich es erklären – eine Mischung von Einstein und Joanovici. Eine Kombination von Genie und armseligem Bastler ... Er lebt dort mit seinen Hunden und einer Gruppe von fanatischen Schülern, und – alles was recht ist, er hat Wunder vollbracht. Die Presse hat nicht alles veröffentlicht, und die spärlichen Informationen sind ziemlich unbeachtet geblieben, weil die Amerikaner und Russen auf dem Gebiet der Transplantation scheinbar viel Sensationelleres leisten ... Es ist heute verhältnismäßig leicht, eine Niere von einer Person auf die andere zu übertragen; aber wenn auch die Operation selbst meistens gelingt, wird doch das transplantierte Organ vom fremden Körper nicht immer angenommen. Es ist äußerst schwierig, die Abwehrreaktionen des Empfängerorganismus zu neutralisieren ... Nun, Marek hat eine Methode ausgearbeitet, um diese Reaktionen zu eliminieren. Doch davon weiß praktisch kein Mensch etwas. Wir haben alles Nötige veranlaßt, um diese Entdeckung geheimzuhalten ... Ich will nicht auf Einzelheiten eingehen; nur soviel kann ich Ihnen sagen: Eine Expertenkommission hat die von Marek operierten Hunde untersucht, und die Resultate sind geradezu verblüffend. Marek ist nicht nur imstande, Herz, Leber, Lungen und natürlich erst recht die Pfoten von einem Tier aufs andere zu übertragen, sondern auch ... Halten Sie sich fest, Garric: den Kopf! Mit andern Worten, er hat die totale Transplantation entwickelt.»

«Das überrascht mich überhaupt nicht», sagte ich. «In Amerika arbeitet Scribner schon lange mit künstlichen Nieren, und erst kürzlich las ich einen langen Artikel über ein Depot, in dem die verschiedenen Organe aufbewahrt werden. Der Autor berichtete, daß dank der Initiative einer medizinischen Wochenzeitschrift eine Augenbank geschaffen worden sei und schlug vor, den medizinischen Fakultäten Institute für

Experimentalchirurgie anzugliedern ... Außerdem weiß ich, daß irgendein Russe die Pfote eines Hundes auf einen anderen transplantiert hat, nachdem dessen Blut vollständig ausgetauscht worden war.»

«Aber ein Kopf, Garric! Ein Kopf!»

«Ja, gewiß; es ist erstaunlich. Aber nachdem die Nerven- und Arteriennaht zur täglichen Praxis gehört, sehe ich nicht ein ...»

«Um so besser, um so besser. Vielleicht bin ich einfach altmodisch», räumte Andreotti ein. «Ich freue mich jedenfalls, daß Sie auf dem Gebiet so beschlagen sind – ich sage ja, Sie sind der richtige Mann ... Aber hören Sie weiter!»

Er setzte sich wieder, überlegte einen Augenblick und fuhr fort:

«Marek behauptet, dieselben Resultate auch bei Menschen erzielen zu können. Da besteht aber eine Schwierigkeit. Woher nimmt man die Spender? Allenfalls ist noch vorstellbar, daß ein Vater seinem verunglückten Kind eine Hand oder einen Arm opfert, aber auch das hat seine Grenzen. Höchstens, daß einmal ein Greis seinen Körper ... eh, der Wissenschaft vermacht, wenn ich mich so ausdrücken darf, und ...»

«Nein», unterbrach ich ihn; «für diese Art von Operationen braucht es junge und gesunde Leute.»

«Nicht einmal das genügt», fügte der Präfekt hinzu. «Sie vergessen die juristische Seite des Problems. Angenommen, Sie wollen im Interesse der Forschung Ihre Lunge, Ihre Niere oder ein anderes Organ Ihres Körpers hergeben – nun, Sie haben kein Recht dazu. Lassen wir den Fall des Vaters oder der Mutter, die sich für ihr Kind opfern, beiseite, obwohl auch dies bereits ein Problem aufwirft! Verallgemeinern wir. Laut unseren bestehenden Gesetzen hat niemand das Recht, sich freiwillig einer Verstümmelung auszusetzen.»

«Bleiben noch die zum Tode Verurteilten», sagte ich.

«Genau! Das einzige ... eh, Menschenmaterial, das man einem Wissenschaftler zur Verfügung stellen kann, sind junge, kräftige, zum Tode Verurteilte ... sie müssen allerdings ihre Zustimmung gegeben haben; das ist unumgänglich.»

«Aber ich bitte Sie – das tut doch keiner. Das gibt's doch gar nicht!»

Andreotti wurde ernst; er beugte sich vor, als fürchte er, jemand könnte ihn hören.

«Doch; wir haben einen: Myrtil.»

Myrtil! Ich hatte René Myrtil ganz vergessen. Vor zwei Jahren hatte er noch täglich Schlagzeilen geliefert – er hatte in Orly eine für die Banque de France bestimmte Goldladung geraubt. Der größte Raubüberfall des Jahrhunderts: Vier Milliarden Francs spurlos verschwunden; zwei Wächter umgebracht ... Myrtil wurde zum Tode verurteilt. Und dann verdrängten ihn allmählich sensationellere Neuigkeiten aus dem Bewußtsein der Öffentlichkeit; es gibt genügend Staatsstreiche und bewaffnete Aggressionen in der Welt, so daß ein Verbrecher, selbst ein genialer, im Laufe der Zeit vergessen wird.

«Myrtill stellt sich freiwillig zur Verfügung», sagte der Präfekt. «Er ist auch ein Fall für sich.»

«Man hat ihn eingeweiht?»

Andreotti seufzte. «Mein lieber Freund – seit einigen Jahren geschieht vieles ohne unser Wissen. Sagen wir mal, die Staatsräson rechtfertigt heute vieles, was früher ... Na, Schwamm drüber. Also, nach meinen Informationen hat man Myrtil ... eh, ausgehorcht, und ...»

«Aber, Monsieur le Préfet, es ist doch unvorstellbar, daß ... Ich meine, wer wird schon Organe eines Mörders als sein eigenes Fleisch und Blut ...»

«Warten Sie ab; es kommt noch viel besser ... Kehren wir zuerst zu Myrtil zurück. Tatsächlich war er es, der eines Tages durch den Anstaltsgeistlichen dem Gefängnisdirektor mitteilen ließ, daß er seinen Körper den Ärzten und Forschern zur Verfügung stellen wolle, um zum Fortschritt der Wissenschaft beizutragen. Myrtil ist nämlich im Gefängnis ein anderer Mensch geworden: Auf höhere Anweisung habe ich mich mit seinem Seelsorger getroffen; einem sehr würdigen Herrn ... Er meint, Myrtil sei ganz und gar geläutert – seitdem er nicht mehr unter dem Einfluß seiner Freundin steht – einer gewissen Régine, die immer noch im Frauengefängnis Petite Roquette sitzt –, sei er wie umgewandelt.»

«Oder er spielt Theater.»

«Was sollte er damit bezwecken? Nein, nein ... Und außerdem können Sie sich ja denken, daß wir uns nicht mit leeren Versprechungen zufriedengegeben hätten ... Myrtil wollte einen Beweis für seine Aufrichtigkeit liefern und hat uns anvertraut, wo er die Beute seiner verschiedenen Überfälle versteckt hat, vor allem die Goldbarren. Das ganze Diebesgut ist also wieder in unseren Händen ... Das heißt, wenn ich ‹unsere Hände› sage ... Na, Sie verstehen schon. Ja, also, darum ist sein Angebot auch angenommen worden ...» Der Präsident senkte die Stimme: «... Und darum wurde sein Gnadengesuch erst letzte Woche abgelehnt. Man hat die Angelegenheit so lange hinausgezogen, bis alles klar war. Myrtil wird morgen früh hingerichtet.»

«Ich muß gestehen, Monsieur le Préfet, daß ich nicht ganz begreife ...»

«Sie werden es gleich verstehen. Fassen wir zusammen: auf der einen Seite haben wir einen Chirurgen, der imstande ist, die ‹totale Transplantation› vorzunehmen, wie ich es vorhin genannt habe. Auf der anderen Seite haben wir einen Spender, dessen ganzer Körper mit sämtlichen Organen zu unserer Verfügung steht. Und schließlich ist morgen jener Tag im Jahr, der nach der Statistik der Verkehrspolizei im Durchschnitt zweihundert Verkehrstote fordert ... Erraten Sie jetzt, um welche Art von Experiment es geht?»

Ja, jetzt erriet ich es. Der Schock war so groß, daß ich aufstehen und in dem geräumigen Arbeitszimmer auf und ab gehen mußte.

«Das ist ... Aber das ist doch Irrsinn, Monsieur le Préfet!» stotterte ich. «Das ist doch einfach wahnwitzig!»

«Am Anfang habe ich genauso reagiert wie Sie, Garric, aber ... War es weniger irrsinnig, die erste Bombe zu werfen? Und als man den ersten Menschen ins Weltall schickte, war das kein Wahnwitz? Jetzt hören Sie mal gut zu, Garric: Man sagt mir, daß hier eine Chance ist, Frankreich – das Frankreich, von dem seine Feinde behaupten, und auch manche seiner Freunde, es sei hoffnungslos abgeschlagen ... Eh, nun – hier ist Frankreichs Chance, auf einem Gebiet wieder führend zu werden. Das Experiment wird also stattfinden. Genauer gesagt, wir stehen bereits mittendrin ...»

Er sah mich ernst an:

«Bevor ich auf Einzelheiten eingehe, muß ich Sie noch einmal darauf aufmerksam machen, daß dies alles streng geheim ist. Außer einigen hohen Persönlichkeiten weiß niemand Bescheid. Wenn Mareks Experiment mißlingt, haben wir eben Pech gehabt; dann warten wir eine bessere Gelegenheit ab. Und wenn er Erfolg hat ... Dann sind Sie an der Reihe, mein Lieber.»

«Ich? Was soll ich ...»

«Ja, Sie ... Sie können sich denken, daß wir den Erfolg nicht hinausposaunen werden. Es genügt nicht, einen Arm, ein Bein oder einen Kopf zu transplantieren. Man muß abwarten. Wir werden uns vielleicht monatelang gedulden müssen, bis wir wissen, wie die Operierten reagieren; wir müssen sehen, ob die Transplantation nicht irgendwelche Nachwirkungen hat ... Kurzum, wir brauchen einen Beobachter; jemand, der mit den Patienten in Verbindung steht, alle ihre Äußerungen notiert und ihre Wiedereingliederung ins normale Leben überwacht ... Wie ich schon andeutete, sind wir vor allem an der menschlich-moralischen Seite des Experiments interessiert, ja? Wenn Sie den Auftrag übernehmen, erhalten Sie alle Vollmachten und können nach eigenem Gutdünken vorgehen; nur einmal im Monat haben Sie mir einen Bericht abzuliefern ... Vergessen Sie, daß Sie Beamter sind; es geht nicht darum, irgendwelchen höheren Instanzen Honig ums Maul ... Also, es geht um eine objektive Bestandsaufnahme; es geht darum, zweifelsfrei festzustellen, ob die Operierten wieder ein normales Leben führen können, oder ob der Eingriff psychologische Auswirkungen hat, die nicht vorauszusehen waren.»

«Ja, aber ... Glauben Sie nicht, daß ein Psychiater ...»

«Nur das nicht! Damit die Versuchspersonen nur ja Komplexe kriegen, was? Nein: Sie sollen ihr Freund, ihr Vertrauter werden, und ich bin überzeugt, daß Sie es schaffen ... Nun, was haben Sie beschlossen?»

«Ich möchte es mir überlegen.»

«Dazu reicht leider die Zeit nicht. Ich wiederhole, das Experiment ist bereits im Gang. Sämtliche Polizeistationen von Paris und Umgebung haben Befehl, alle Schwerverletzten sofort in die Klinik von Professor Marek einzuliefern – es wurden Vorkehrungen getroffen, damit die Transporte möglichst unauffällig stattfinden können ... Marek wird die Fälle auswählen, die geeignet sind. Das ist ziemlich kompliziert, weil neben der Blutgruppe, dem Allgemeinzustand und dem Alter manchmal auch die Familienverhältnisse der Verunglückten eine Rolle spielen können; wir werden vielleicht vor schweren Gewissenskonflikten stehen ... Sie sehen jetzt, mein Lieber, weshalb ich mich an Sie gewandt habe.»

Ich saß in der Klemme. Ich weiß nur zu gut, wie es hinter den Kulissen der Politik zugeht; ich sah also auch die Probleme, die mich erwarteten. Dennoch lockte mich diese ungewöhnliche Aufgabe. Ich hatte seinerzeit lange zwischen Rechtswissenschaften und Philosophie geschwankt; mein Vater hatte schließlich darauf bestanden, daß ich die École d'Administration besuchte. Aber der Staatsdienst füllte mich nicht aus; bestimmte wissenschaftliche Bereiche – Randgebiete wäre vielleicht treffender – interessierten mich sehr, und in meiner Freizeit befasse ich mich mit dem Studium gewisser Erscheinungen, über die man sehr wenig weiß – Vorahnungen, Hellsehen, Gedankenübertragung und dergleichen. Man spricht von Parapsychologie, und die Vertreter der klassischen Naturwissenschaften nehmen die Sachen im Grunde so wenig ernst wie die Geisteswissenschaftler ... O ja, Andreotti wußte genau, warum er mir den Auftrag anbot. Ich rang mit einem Entschluß.

«Was wird man Myrtil eigentlich amputieren?» fragte ich.

«Na ... alles», antwortete der Präfekt. «Marek hat nicht die Absicht, nur das eine oder andere Glied abzunehmen; er will das ganze Material ... Ich meine, er will alles verwenden. Die Gelegenheit ist einmalig – bedenken Sie, man wird Dutzende von Sterbenden einliefern! Den einen mit zermalmten Beinen, den anderen mit einem zerfetzten Arm, den dritten mit eingedrücktem Brustkorb oder mit einem Schädelbruch ... Morgen um die Zeit wird Myrtil nicht mehr existieren, aber sein Herz, sein Kopf, seine Eingeweide und seine Glieder werden unschuldigen Verkehrsopfern das Leben gerettet haben!»

«Entsetzlich», murmelte ich. «Wenn ich mir vorstelle, daß diese Menschen jetzt ahnungslos am Steuer sitzen, und morgen ... Ich muß mir das erst richtig klarmachen. Ich dachte, Marek will zwei oder drei Organe transplantieren, und damit hat sich's ...»

«Eben nicht. Das wissenschaftliche Ergebnis besteht gerade darin, daß er einen Körper auseinandernehmen und vollkommen aufteilen wird ...

Myrtil wird tot sein – mehr als tot, wenn Sie so wollen: nicht mehr existent. Aber seine Bestandteile, seine Glieder, seine Organe – die werden weiterleben. Verstehen Sie?»

Ja, ich verstand. Ich war sogar fasziniert von diesem schauerlichen Experiment.

«Natürlich werden die Operierten nicht erfahren, daß sie einen ihrer Körperteile einem Verbrecher zu verdanken haben», fuhr der Präfekt fort. «Was Myrtil betrifft, so wird man ihn gemäß den Vorschriften hinrichten; doch einer von Mareks Mitarbeitern wird der Exekution beiwohnen und darauf achten, daß der Kopf nicht beschädigt wird – es gibt da besondere Vorsichtsmaßnahmen, über die ich natürlich nichts Genaues weiß; der Professor hat ein Verfahren ausgearbeitet, das den Zerfall der Zellen in der Gehirnsubstanz verlangsamt ... Dann wird Myrtils Leiche in die Klinik überführt, und die Transplantationen werden so rasch wie möglich vorgenommen. Ich habe veranlaßt, daß bestimmte Straßenzüge gesperrt, beziehungsweise für den Transport freigehalten werden, um Zeitverluste zu vermeiden – die reinste Generalstabsarbeit; Sie werden sehen, es klappt. Und Marek ist sicher, daß die Operationen gelingen werden ... Auch von dieser Seite brauchen Sie also keine Bedenken zu haben. Ihre Rolle besteht lediglich darin, alles Unvorhergesehene vorauszusehen.»

Ich konnte ein Lächeln nicht unterdrücken. «Das ist hübsch gesagt», murmelte ich. «Es klingt so beruhigend.»

«Also? Akzeptieren Sie?»

«Gut. Ich akzeptiere.»

«Ich bin Ihnen sehr dankbar, Garric. Und wenn alles gut geht, wird man sich Ihrer höheren Orts erinnern – verlassen Sie sich darauf ... Nun gut, ich habe eine Akte vorbereiten lassen. Sie enthält die Lebensläufe von Réne Myrtil und Professor Marek sowie verschiedene nützliche Angaben, vor allem die Namen der wenigen Personen, die auf dem laufenden sind. Von jetzt ab sind Sie niemandem mehr Rechenschaft schuldig ... In der Akte liegt übrigens auch ein Ausweis, der Ihnen überall Zutritt verschafft. Rufen Sie mich im Notfall an. Aber sagen Sie am Telefon nichts ... eh, Verfängliches. Sind wir uns einig?»

«Vollkommen einig, Monsieur le Préfet.»

«Vergessen Sie den monatlichen Rapport nicht. Und noch etwas: Offiziell haben Sie Urlaub genommen – einen längeren Urlaub aus privaten Gründen ... So, und jetzt – viel Glück!»

Er gab mir die Hand, und während er mich zur Tür begleitete, fügte er hinzu:

«Ich will Ihnen nicht dreinreden, aber an Ihrer Stelle ginge ich mal beim Bereitschaftskommissariat vorbei; Kommissar Lambert leitet das Unternehmen ... Hals- und Beinbruch, Garric!»

Mein Kopf summte, als ich hinausging. Während ich die breite, leere Treppe hinabstieg, fielen mir noch tausend Fragen ein: Würden die Familien der Verunglückten in das Experiment einwilligen? Wenn ja, hatte man das Recht, ihnen zu verheimlichen, woher die neuen Organe stammten? Und was, wenn man zwischen zwei Sterbenden wählen mußte? Wer entschied da über Leben und Tod? Gewissensfragen sind nie meine Stärke gewesen. Es hätte wenig gefehlt, und ich wäre umgekehrt, um dem Präfekten zu sagen, ich hätte es mir anders überlegt; ich sei nicht der Mann, den er brauchte ... Aber ebensogut hätte ich meine Demission einreichen können. Mir wurde übel beim Gedanken, daß die ersten Opfer bereits unterwegs nach Ville-d'Avray waren ...

Verwirrt setzte ich mich auf eine der Bänke, die an der Wand des Korridors standen, und schlug den Aktendeckel auf.

Er enthielt nicht sehr viel. Ich las ein paar maschinengeschriebene Seiten über Myrtil. Der Mann war jung: erst achtundzwanzig. Zwei Fotos, ein Brustbild und eine Profilaufnahme, waren auf ein Stück Karton aufgeklebt. Offenes, sympathisches Gesicht. Blaue Augen, offener Blick. Ein klares, gut geschnittenes Profil.

René Myrtil war der Sohn eines Apothekers. Er hatte eine gute Schulbildung genossen, wurde eingezogen und war dreizehn Monate lang in Algerien im Einsatz. Dann geriet er auf die schiefe Bahn. Er wurde verdächtigt, an mehreren Einbruchdiebstählen an der Côte d'Azur teilgenommen zu haben. Man nahm ihn fest, ließ ihn aber wieder frei. Zweite Verhaftung wegen verbotenem Waffenbesitz und Widerstand gegen die Staatsgewalt. Wieder auf freiem Fuß, verschwand er für zwei Jahre. Kommissar Bertin äußerte in einem Bericht den Verdacht, Myrtil habe vermutlich im Südosten des Landes eine Bande angeführt, die auf Postzug- und Banküberfälle spezialisiert war; nachweisen konnte man ihm jedoch nichts. Später wollten ihn mehrere zuverlässige Zeugen am Steuer eines Lieferwagens gesehen haben, der bei der Entführung einer bekannten Persönlichkeit eine Rolle gespielt hatte. Schließlich kam noch eine Liste der Delikte, deren er überführt worden war: Waffenschmuggel, Devisenvergehen, Einbruch in zwei Pariser Juwelengeschäfte am hellichten Tag, blutige Schlägereien in der rue Blanche, Schüsse auf Polizisten und schließlich der Überfall in Orly ... Es war eine lange Liste. Auf einem Zettel stand die Adresse seines Anwalts, Maître Hébert-Jamain. Ich erwog, mich mit ihm in Verbindung zu setzen, verwarf den Gedanken jedoch wieder. Wie hätte ich meinen Besuch begründen können? Hébert-Jamain würde bestimmt Verdacht schöpfen. Und überhaupt, wozu das Ganze? René Myrtil würde ohnehin verschwinden. Dagegen mochte es aufschlußreich sein, mit dieser Régine zu sprechen. Laut Kommissar Bertin trug sie einige Verantwortung an Myrtils trauriger Karriere ... Und ich mußte unbedingt mehr über Myrtil erfahren. Was mich an der ganzen Sache am meisten verwirrte, war die quälende Vorstellung, daß Myrtil gleichsam ‹spurlos sterben› würde – keine Leiche, kein Grab, keine Aschenurne; er würde sich in nichts auflösen und zugleich doch in gewissem Sinne weiterleben, nachdem er aufgehört hatte zu existieren ... Ich betrachtete die Bilder: Dieser Kopf würde in ein paar Stunden einem anderen gehören. Andere Gedanken, wahrscheinlich sehr durchschnittliche, würden ihn erfüllen; Hände würden ihn liebkosen, die ... Nein! Unmöglich! Was geschah, wenn der Verunglückte, der Myrtils Kopf bekommen sollte, verheiratet war? Wie reagiert eine Frau, wenn ihr eigener Mann plötzlich als ein Fremder, als ein Unbekannter erscheint? Was ist es eigentlich, das man an einem Menschen liebt? Die Liebe vorausgesetzt, wird eine Frau ihren Mann nicht verlassen, weil ein Unfall sein Gesicht verstümmelt und zur Fratze gemacht hat? Aber mit dem Kopf eines andern?

Meine Gedanken verwirrten sich immer mehr. Und wenn sie sich scheiden lassen will und Schadenersatz fordert? Am meisten störte mich der absurde Aspekt des Problems, die makabre Komik bei der Sache: Vielleicht wäre die Frau am Ende gar nicht böse, das Dutzendgesicht des Spießers, mit dem sie verheiratet war, gegen die intelligente Visage eines gutaussehenden Mörders einzutauschen? Vielleicht würde sie einen besonderen Kitzel dabei empfinden, gleichsam ihren Mann mit ihrem Mann zu betrügen?

Kommissar Lambert hatte mich erwartet. Er platzte beinahe vor Neugier, verkniff sich aber alle Fragen und beschränkte sich darauf, mir einen Lagebericht zu geben. Einige schwere Unfälle in der Provinz, mehrere leichte Zusammenstöße in der Umgebung von Paris, insbesondere ein zerquetschter Arm in Dourdan. Das Opfer war sofort nach Ville-d'Avray gebracht worden.

«Es handelt sich um einen gewissen Olivier Gaubrey», berichtete Lambert. «Dreißig Jahre alt. Sein Zustand ist ernst. Man wird amputieren müssen.»

«Was ist er von Beruf?»

«Kunstmaler. Er wohnt in der rue Ravignan.»

«Verheiratet?»

«Nein.»

«Hm ... Welcher Arm ist es denn?»

«Zum Glück der linke.»

In diesem Moment klingelte das Telefon. Der Kommissar hob ab; ich nahm den Zweithörer. Die Stimme war undeutlich und klang verstört:

«Hallo? Streife vierzehn, Streifenführer Meunier ... Ausgang Autobahn West ein schwerer Unfall. Frontalzusammenstoß. Zwei Tote und zwei Schwerverletzte ... Die Ambulanz ist gerade eingetroffen.»

«Was für Verletzungen?» fragte der Kommissar.

«In dem einen Wagen liegt eine Frau mit einem zerquetschten linken Bein; der Fahrer ist tot. In dem andern Fahrzeug ist es genau umgekehrt. Die Frau ist tot, aber der Mann lebt noch. Er hat alle möglichen Quetschungen, und das rechte Bein beinahe abgerissen.»

«Bringen Sie die Verletzten nach Ville-d'Avray», ordnete der Kommissar an und legte auf.

Dann wandte er sich wieder zu mir. Er war blaß geworden.

«Dabei ist das noch nicht einmal der Stoßverkehr», murmelte er. «Warten Sie erst mal ab, wie es in zwei, drei Stunden aussieht!»

Ich mußte an den Mann und die Frau denken, deren Leben von Myrtil abhing. Aber ... Myrtils Bein für eine Frau ...?

«Können Sie mich sofort nach Ville-d'Avray bringen lassen?» fragte ich.

«Selbstverständlich!»

Als ich mich in den Wagen setzte, war mir ganz schwindlig.

Anton Marek war älter und kleiner, als ich ihn mir vorgestellt hatte. Er hatte einen nervösen Tic und zwinkerte ständig mit dem einen Auge; dabei zuckte seine Wange wie die Haut eines Pferdes, das von Fliegen geplagt wird. Er hatte gelbe, scharfblickende Augen, die den Gesprächspartner nie losließen – es war geradezu unangenehm, lag aber wahrscheinlich nur daran, daß sein Französisch schlecht war und er fürchtete, der andere könnte ihn nicht verstehen. Er begrüßte mich mit überschwenglicher Ehrerbietung und führte mich in sein Arbeitszimmer. Es war dürftig eingerichtet, nur die Bücherregale quollen über von Büchern, Zeitschriften und Broschüren in allen Sprachen. Die beiden Fenster blickten auf einen weiten Hof, der von Hundezwingern gesäumt war. Von Zeit zu Zeit sah ich eine Schnauze, die sich zwischen die Gitter zwängte, oder eine ungeduldig kratzende Pfote. Die beiden Flügel der Einfahrt standen offen und wurden von einem Polizisten bewacht. Ich hatte dem Professor in knappen Worten den Zweck meiner Mission erklärt, und jetzt schilderte er mir seine Arbeit. Er schien froh, einem geduldigen Zuhörer seine Theorien des langen und breiten auseinandersetzen zu können. Ich glaubte sehr bald zu verstehen, daß er sich an einer düsteren und schwierigen Vergangenheit zu rächen suchte. Er hielt geradezu ein Plädoyer, jedoch in einem wissenschaftlichen Jargon, der für den Laien beinahe unverständlich war.

Ich war nicht gekommen, um eine Vorlesung über mich ergehen zu lassen, und versuchte, das dem Professor höflich beizubringen – vergebens. Dieser Mann gehörte zu jenen wissenschaftlichen Eigenbrötlern, deren Lebenszweck sich darin zu erschöpfen scheint, recht zu behalten, und von denen man nie weiß, ob sie vom Genie oder vom Fanatismus getrieben werden. Dabei lag in der Art, wie er mit dem Kopf nickte oder sich zu mir hinüberbeugte, etwas Unterwürfiges und eine peinlich wirkende Gefallsucht. Anton Marek ... Zwanzig Jahre Krieg, Pogrome, Aufstände, Flucht und Elend. Und ausgerechnet dieser Mensch, den das Leben fast zermalmt hatte, wollte zermalmte Menschen zusammenflikken ... Endlich war die Vorlesung beendet.

«Sagen Sie, Herr Professor», warf ich hastig ein, ehe er womöglich wieder anfing, «darf ich mich bis morgen hier einquartieren?»

Natürlich durfte ich. An Platz fehlte es gewiß nicht. Die Zimmer waren umgebaut und modernisiert worden. Falls ich übrigens einen Rundgang machen wollte ... Ich mußte die Klinik besichtigen und war angenehm überrascht. Marek hatte das ehemalige Herrschaftshaus, das er für einen Pappenstiel gekauft hatte, großartig für seine Zwecke eingerichtet. Die Zimmer waren klein, denn er hatte Zwischenwände einziehen lassen, aber trotzdem behaglich. Ich hätte mir gern den Operationstrakt angesehen, doch war der Zutritt zu diesem Teil des Hauses untersagt. Es herrschte ein emsiger Betrieb, Krankenwärter eilten geschäftig hin und her. Am Eingang des Korridors, der zum Operationssaal führte, saß ein Sekretär und hackte eifrig auf eine Schreibmaschine ein.

«Ich sehe hier keine Frauen», bemerkte ich.

«Frauen ... sie reden immerzu», erwiderte Marek finster. «Es ist wegen Diskretion.»

In diesem Augenblick hielt ein Krankenwagen im Hof. Wir eilten hinaus. Ein Streifenpolizist grüßte uns und schob die Schutzbrille hoch.

«Da habt ihr wieder einen», sagte er. «Der Bursche ist übel dran. Ist mit achtzig in einen Langholztransport geprasselt ... Als ob der Verkehr noch nicht reicht, was? Am Feiertag müssen sie ihr Langholz spazierenfahren, diese Idioten ... Na ja. Also der Mann hat sich regelrecht aufgespießt. Der ganze Brustkasten ist ein einziger Matsch.»

«Ausgezeichnet», murmelte Marek. «Sehr interessant.»

Der Beamte sah ihn etwas erstaunt an. «Da sind seine Papiere», sagte er. «Roger Mousseron, Student, zweiundzwanzig Jahre, wohnhaft rue des Saints-Pères ... Also Sie, so was wie dem sein Brustkasten aussieht, so was hab ich noch nie gesehen!»

Die Bahre wurde zum Operationssaal getragen. Ich konnte nur flüchtig ein wachsbleiches Gesicht erkennen und verzerrte Lippen, welche die Zähne entblößten.

«Bringt mir keine rechten Beine mehr», sagte Marek zu dem Polizisten. «Ich bin eingedeckt. Was ich brauche, ist ein linkes Bein, ein rechter Arm, ein Rumpf ... Und ein Kopf. Vor allem ein Kopf.»

Der Beamte sah ihn verblüfft an. «Ach, Sie dachten wohl, wir liefern auf Bestellung, was? Ein Kopf? Bitte sehr, der Herr – darf's fünfzig Gramm mehr sein? Soll ich ihm noch 'ne Zitrone in den Mund stekken?»

Mit einem wütenden Tritt auf den Kickstarter setzte er sein Motorrad in Gang und fuhr wieder los, gefolgt von dem Krankenwagen.

Marek entschuldigte sich; er mußte sich mit dem Verletzten beschäftigen. Ich nahm sein Arbeitszimmer für mich in Beschlag. Hier hatte ich das Telefon in Reichweite. Ich rief sofort Kommissar Lambert an. Er wollte uns gerade einen Mann mit zerfetztem rechtem Arm schicken.

«Wie alt?»

«Zweiundfünfzig.»

«Zu alt», sagte ich. «Wir brauchen Material zwischen zwanzig und dreißig Jahren, nicht älter.»

Material ... Ich sprach bereits im Jargon des Professors. Aber seit meiner Ankunft in der Klinik war ein Wandel in mir vorgegangen. Der erste Schock war überstanden, und ich begann mich dieser ganz und gar unglaublichen Situation anzupassen. Ich zündete mir eine Zigarette an, um den lästigen Spitalgeruch zu vertreiben, der in der Luft hing, und las die Akte über Myrtils Freundin durch.

Régine Mancel war Fotomodell und hatte gelegentlich kleine Rollen in Werbefilmen bekommen. Sie hatte Myrtil in Paris kennengelernt und behauptete, von dem wahren ‹Beruf› ihres Geliebten keine Ahnung gehabt zu haben. Sie mußte wegen Hehlerei zwei Jahre absitzen und sollte demnächst entlassen werden ... Hatte Andreotti da ein Risiko übersehen? Was geschah, wenn diese Régine eines schönen Tages den Kopf Myrtils auf den Schultern eines andern Mannes erkannte? Zweifellos würde sie Skandal machen! Vor allem, wenn der Unbekannte, der jeden Moment eingeliefert werden sollte, verheiratet war! Ich hoffte zu Gott, daß er ledig sein möchte. Schließlich konnte man die Mancel nicht einfach auf unbestimmte Zeit im Gefängnis behalten!

Sobald man das Experiment etwas genauer unter die Lupe nahm, stieß man immer wieder auf neue Probleme. Die nicht näher genannten Leute ‹höheren Orts›, wie Andreotti es ausgedrückt hatte, waren zweifellos in erster Linie an wissenschaftlichen Ergebnissen interessiert. Aber da gab es schließlich auch noch menschliche Aspekte, und die waren offenbar zuwenig berücksichtigt worden. Gerade mit ihnen sollte ich mich befassen, und das wollte ich möglichst gewissenhaft tun. Allerdings zeigte es sich, daß ich manche unvermeidlichen Folgen nicht voraussehen und verhüten konnte – über eine davon war ich gerade gestolpert. Vielleicht erwarteten mich noch schlimmere – zu schweigen von gewissen Problemen, die mich bald quälen würden, das fühlte ich jetzt schon: zum Beispiel die Seele von René Myrtil ...

Das Telefon klingelte. Es war Lambert.

«Hallo ...? Ich hab vielleicht etwas für Sie: Einen Mann, der unter einem Lastwagen eingeklemmt liegt ... Im Augenblick holen sie ihn mit dem Schweißbrenner raus. Er lebt, aber es sieht aus, als wäre das Becken vollständig eingedrückt.»

«Wie alt?»

«Einunddreißig. Ein gewisser Francis Jumauge aus Versailles.»

«Gut – schicken Sie ihn her ... Haben Sie kein linkes Bein? Wir brauchen dringend ein linkes Männerbein.»

«In Ordnung. Ich sag's gleich durch.»

Während ich den Hörer auflegte, trat der Professor ein. «Immer noch kein Kopf?» fragte er.

«Nein. Aber wir kriegen ein Becken.»

«Na, immerhin. Aber mich interessiert Kopf. Ohne Kopf ist das Experiment nichts wert. Dabei gibt es doch Schädelbrüche wie ... Wie sagt man? Wie Sand am See.»

«Wie Sand am Meer ... Wie geht's den Patienten?»

Er bewegte die Hand, als wolle er sie in einen zu engen Handschuh hineinzwängen. «Ich kann nur hoffen. Es ist höchste Zeit, daß ... Der letzte, er ist sehr schlecht dran.»

Der Kopf wurde am späten Nachmittag eingeliefert. Das heißt, tatsächlich schickte man uns drei, aber wir schieden auf Anhieb einen Alkoholiker aus. Die beiden andern hatten gleiche Chancen, doch ich bestand darauf, daß sich Marek für den Ledigen entschied. So fiel die Entscheidung auf Albert Nérisse. Er war vierunddreißig Jahre alt, von Beruf Bankangestellter und, wie gesagt, unverheiratet. Mit ihm würden wir wohl keine Schwierigkeiten haben. Étienne Éramble, Simone Gallart und der Maler stellten kein Problem dar – sie würden froh sein, ihre Glieder wieder gebrauchen zu können. Die übrigen konnten jedoch nur mit der Einwilligung ihrer Familien operiert werden. Die Mutter von Jumauge und die Schwester von Mousseron, die beide in der Provinz wohnten, hatte ich bereits benachrichtigt. Ich wußte, daß es eine reine Formsache war, daß die beiden Frauen Marek freie Hand lassen würden; aber man mußte ihre Zustimmung einholen. Albert Nérisse hatte bis auf einige entfernte Vettern keine Verwandten; der Inspektor bestätigte es mir gegen sechs Uhr. Wir hatten also freie Bahn.

Würde er jedoch die Operation überstehen? Er lag im Sterben, und außerdem war er ohnehin von schwächlicher Konstitution. Dazu kam, daß er kleiner und viel zierlicher war als Myrtil, dessen Kopf schwer auf den schmalen Schultern lasten würde ... Nun, das war sein Pech; uns blieb keine andere Wahl.

Jetzt fehlte nur noch ein rechter Arm. In Lyon hielt man einen auf Abruf bereit – einen Fußgänger, der von einem Trolleybus überfahren worden war –, aber auch hier paßte die Größe nicht. Wenn sich nichts

Besseres bot, würde man den Verunglückten in der Nacht mit dem Flugzeug herbringen.

Ich wollte die Patienten besuchen, aber Marek erlaubte es nicht. Seine Mitarbeiter bereiteten sie für den entscheidenden Eingriff vor.

«Weiß Simone Gallart wenigstens, daß sie ein Männerbein bekommen soll?»

«Eh ... nein», gestand der Professor. «Ich habe ihr nur versprochen, alles zu tun, um ihr Bein zu retten. Wenn aber heute nacht noch kommt ein Mann, ich weiß, was ich zu tun habe. Ich denke, das macht sich besser.»

Ich mußte lächeln. Aber der Professor hatte es nicht scherzhaft gemeint. Er meinte wohl nie etwas scherzhaft. Für ihn war der Fall klar; er hätte auch nicht gern ein Frauenbein haben wollen. Ich nahm an, daß er kosmetische Chirurgie betrieben hatte, ehe er sich auf Transplantationen spezialisierte. Das Geld für diese Klinik mochte von derartigen Operationen stammen; ich beschloß, mich in der Präfektur zu erkundigen.

Gegen sieben aß ich im Arbeitszimmer des Professors eine Kleinigkeit. Marek trank nur eine Tasse Kaffee. Er schien müde und nervös zu sein und war gereizt. Jumauge machte ihm Sorgen.

«Wenn ich nur diesen Myrtil schon hätte», knurrte er. «Wenn ich jetzt ihn hätte, dann Erfolg sicher. Aber Gesetz schreibt vor, daß Hinrichtung im Morgengrauen ... Warum nicht in der Nacht? Wie soll man wissenschaftliche Arbeit leisten unter solchen Bedingungen!»

Er goß sich eine zweite Tasse Kaffee ein, stürzte sie hinunter und griff zum Telefon. Er mußte sich erst auf Diskussionen einlassen, bevor man ihn mit dem Gefängnisdirektor verband.

«Hier spricht Anton Marek ... Ja, ich auch, Herr Direktor.» Er hielt mir den zweiten Hörer hin. «Es ist wegen Myrtil ... Ist er aufgeregt?»

«Überhaupt nicht», sagte der Direktor. «Im Augenblick ist der Anstaltsgeistliche bei ihm, wie an jedem Abend. Sie beten zusammen – es hat beinahe den Anschein, als tröste Myrtil den Priester ... Ich muß schon sagen, es ist ein sonderbarer Anblick.»

«Schon gut, schon gut ... Wenn er schlecht schläft, geben Sie ihm das Beruhigungsmittel, das ich verschrieben habe. Zwanzig Tropfen ... Sonst nichts Neues?»

«Nein. Um halb sechs ist es soweit.»

«Wäre es nicht möglich ... Ich meine, ein bißchen früher?

«Das ist gegen das Reglement.»

«So. Aha ... Danke!» Marek knallte den Hörer auf die Gabel und knurrte: «Ich scheiße auf das Reglement!»

Es ist wohl nur auf den ersten Blick verwunderlich, daß sich Menschen, die mit einer fremden Sprache leben, in deren Vulgärbereich oft früher auskennen als in der Grammatik. Bei Marek wunderte es mich aus irgendeinem Grunde. Auch fiel mir auf, daß er, vom Akzent abgesehen, manchmal besser mit dem Französischen zurechtkam, manchmal schlechter; es wechselte. Eine Frage der Konzentration, vermutete ich.

«Hat man so was gesehen . . . Dabei ist der Verurteilte einverstanden! Alle sind einverstanden . . .» murmelte er. «Das ist doch absurd!» Er ging hinaus und schlug die Tür hinter sich zu.

Lambert gab noch ein paar Meldungen durch – alle uninteressant. Ich ließ die Verletzten in die verschiedenen Krankenhäuser einliefern. Wir hatten immer noch keinen rechten Arm, und der Verkehr in Paris und Umgebung war bereits am Abflauen. Bald würde nur noch die Hoffnung auf eine Schlägerei bleiben . . . Aber wir hatten Glück. Um Viertel nach elf riß mich das Telefon aus dem Halbschlaf.

«Inspektor Ducellier am Apparat . . . Ich habe Lambert abgelöst. Hören Sie, wir haben einen Schwerverletzten – ein Radfahrer; ist ohne Licht gefahren . . . Der rechte Arm ist zur Hälfte abgerissen. Im Augenblick versuchen wir, die Blutung zum Stehen zu bringen.»

«Alter?»

«Ungefähr dreißig.»

«Ausgezeichnet. Her mit ihm!»

Ich ging in den Hof hinaus, um auf die Ambulanz zu warten. Die Hunde waren durch das ungewohnte Kommen und Gehen unruhig geworden und bellten gereizt. Die Nacht war herrlich schön. René Myrtils letzte Nacht! Vielleicht betete er noch. Für wen und wofür? Was wird aus seiner Seele, deren Körper nach dem Tod auf sieben Personen aufgeteilt und im fremden Organismus wieder zum Leben . . . Hatte man überhaupt das Recht, auf diese Weise über einen Menschen zu verfügen?

Die Ankunft der Ambulanz riß mich aus meinen Gedanken. Die Stufen, die zum Haus führten, wurden beleuchtet und die Bahre hinaufgetragen. Der Verunglückte war mit einer Wolldecke zugedeckt. Ich sah nur ein blasses Gesicht, den oberen Teil einer schwarzen Jacke und einen steifen Kragen.

«Ein Kellner?» erkundigte ich mich bei dem Fahrer. «Kam er gerade von der Arbeit?»

«Kellner?» Der Mann grinste. «Ein Pfaffe ist das. Hochwürden fuhr auf einem alten, zerbeulten Rad ohne Licht . . . Gottvertrauen ist gut, aber manchmal kommt man halt mit einer intakten Beleuchtung weiter.»

«Ach, halten Sie doch den Mund!» fuhr ich ihn wütend an.

«Na, na . . . 'tschuldigen Sie schon! Ich hab gar nichts gegen die Pfaffen. Ich mein ja bloß . . .»

Er machte auf dem Absatz kehrt und ging zu seinem Wagen zurück.

Im Vestibül gab mir ein Krankenpfleger die Brieftasche des Priesters. Er hieß Antoine Leviret, war neunundzwanzig Jahre alt und Vikar in Vanves . . . Ich war bestürzt. Schockiert. Daß ein Priester eines der sieben Versuchskaninchen sein sollte ... Es schien mir pietätlos und ungeheuerlich. Oder war dies ein Vorurteil? Der Präfekt hatte recht gehabt: Jedes große wissenschaftliche Abenteuer erscheint am Anfang verrückt ... Aber trotz aller guten Vorsätze befiel mich ein Zittern, wenn ich mir vorstellte, wie Pfarrer Leviret mit der Hand eines Mörders das Kreuz schlagen würde.

Das heißt ... Natürlich ist es dann nicht mehr Myrtils Hand! Die Hand würde gewissermaßen von ihrem neuen Besitzer assimiliert werden – wenn man eine Bluttransfusion bekommt, personifiziert man sich ja schließlich auch nicht mit dem Blutspender. *Was ist für ein Unterschied zwischen dem Blut eines andern oder seiner Hand, seinem Arm oder seinem Kopf?* Wenn ich ein guter Beobachter sein wollte, mußte ich meine Phantasie ein für allemal zügeln. Es war meine Pflicht, die Ergebnisse des Experiments in allen Phasen objektiv zu analysieren und alle althergebrachten Ideen und Vorurteile über Bord zu werfen.

Und was Myrtils Seele betraf ... Angenommen, ein Löwe verschlingt einen Missionar: Das Fleisch und Blut des frommen Mannes geht dabei schließlich auch auf dem Weg der Verdauung und des Kreislaufes in den Organismus des Raubtiers über – Punkt, Bindestrich, Absatz. *Und die Seele?* Meine Gedanken verwirrten sich immer mehr. *Was wird denn im Normalfall mit Seelen? Was ist überhaupt ein Normalfall?* Das Telefon schreckte mich aus meinem Grübeln. Es war kurz nach Mitternacht. Madame Jumauge wollte wissen, wie es ihrem Sohn ging. Ich beruhigte sie, so gut ich konnte, und gab ihr zu verstehen, daß vorläufig alle Besuche untersagt seien. Es sei sinnlos, herzukommen. Gewiß, selbstverständlich – man würde ihr mitteilen, wie die Operation verlaufen war ... Gleich danach rief Mousserons Schwester an. Ich sagte ihr sinngemäß dasselbe.

Noch fünf Stunden ... Gegen drei begann man im Erdgeschoß zu rumoren. Wahrscheinlich traf man Vorbereitungen, um René Myrtils Leichnam in Empfang zu nehmen. Im Gefängnishof wurde jetzt sicherlich die Guillotine aufgestellt ... Mein Kopf sank vornüber auf die Schreibtischplatte. Ich schlief.

Jemand rüttelte an meiner Schulter. Eine Stimme:

«Entschuldigen Sie, aber es ist fünf Uhr ... Gleich ist es soweit.»

Marek.

«Und die Verletzten?»

«Alle noch am Leben. Mit ein wenig Glück schaffen wir es.»

Ich reckte mich. «Und Sie wollen ... Ich meine, können Sie denn hintereinander sieben Operationen vornehmen?»

«Nein ... Meine Assistenten werden die verschiedenen Glieder transplantieren. Das bietet keine besondere Schwierigkeit. Ich mache nur den Kopf. Es ist sehr langwierig und ... eh, heikel ... Hoffentlich macht man im Gefängnis keine Dummheit. Das Fallbeil darf nicht einfach aufs ... aufs Wohlgeraten fallen.»

«Sie meinen aufs Geratewohl?» Ich unterdrückte ein Gähnen.

«Richtig ... Einer meiner Assistenten ist damit beauftragt, die Exekution zu überwachen. Was nachher am meisten Zeit beansprucht, ist das Eingipsen des Kopfes, damit er in der richtigen Position am Rumpf ... Wegen Nervenquetschung und so, ja?» Er sah auf die Uhr. «Wollen Sie mich hinausbegleiten?»

Wir traten ins Freie. Im Osten färbte sich der Himmel rot. Eisenbahnzüge rollten in der Ferne. Es roch nach feuchtem Gras.

«Ist die Rekonvaleszenz lang?» fragte ich.

«Bei den Hunden nicht ... Wie es bei Menschen ist, weiß ich nicht. Vermutlich einige Wochen ... Ich spreche vom Kopf; bei den andern Körperteilen viel rascher.»

«Glauben Sie, daß Nérisse ... Na, daß er ... völlig normal sein wird?»

«Warum denn nicht? Vielleicht wird er zuerst Hilfe brauchen, bis er sich wieder zurechtgefunden hat; er wird möglicherweise an Gedächtnisstörungen leiden, aber ...»

«Wollen Sie damit sagen, daß sich seine Erinnerungen mit den Erinnerungen Myrtils vermischen werden? Das wäre ja entsetzlich!»

«Nein, das ist nicht zu beangsten ... eh, zu befürchten. Aber er muß sich erst mit dem neuen Instrument vertraut machen – wie ein Geiger, der seine Violine wechselt.»

«Ist das nicht ... Verzeihen Sie, Herr Professor, aber ist das nicht eine sehr starke Vereinfachung?»

«Mag sein. Es wird sich ja zeigen.»

«Und wen operieren Sie nach Nérisse?»

«Jumauge. Sein Fall ist besonders interessant: Es müssen praktisch der gesamte untere Verdauungstrakt ersetzt werden, ebenso die Geschlechtsorgane. Aber sobald man mit Schleimhaut, Bindegewebe und leicht isolierbaren Nerven arbeitet, ist die Sache verhältnismäßig einfach und risikoarm. Ich hoffe, daß ich bis heute abend damit fertig werde.»

«Und Mousseron?»

«Mein erster Assistent wird es machen. Die Herztransplantation ist relativ leicht. Bei den Lungen ... Na ja. Ich habe ein Verfahren entwikkelt, das diese Phase der Operation wesentlich erleichtert. Man muß nur zwei Rippen wegsägen. Nach zehn Tagen kann der Patient wieder aufstehen.»

«Schade, daß Sie für das linke Bein keinen Mann haben.»

«Ja, das bedaure ich auch. Obwohl das Experiment gerade so höchst aufschlußhaft sein kann.»

«Aufschlußreich ... Wird Madame Gallart hinken?»

«Keineswegs. Sie ist gleich groß wie Myrtil. Nur wird das linke Bein viel muskulöser sein als das rechte. Sie wird Hosen oder lange Kleider tragen müssen.»

«Entschuldigen Sie, aber mir kommt ein absurder Gedanke: Angenommen, einer Ihrer Patienten fällt einem neuen Unfall zum Opfer ... Oder ganz allgemein: Läßt sich die Operation wiederholen? Könnte beispielsweise Madame Gallart wieder ein linkes Frauenbein bekommen?»

«Sicherlich. Ich meine, im Prinzip. Soweit es chirurgisch überhaupt möglich ist ... Ich will ja gerade beweisen, daß das Problem des Todes lösbar ist. Das einzige unlösbare Problem ist auf der Spenderseite, und es ist weniger ein medizinisches als vielmehr ein juristisches, besser, ein gesetzgeberisches Problem – ein politisches Problem also.» Wieder sah er nervös auf seine Armbanduhr. «Zwanzig nach fünf ... Hoffentlich verlieren sie keine kostbare Zeit!»

Er dachte überhaupt nicht an Myrtil, der jetzt sterben mußte. Myrtil war für ihn nichts anderes als eine bestimmte Menge von Knochen, Arterien und Geweben, eine Art Reservoir, aus dem er schöpfen konnte – ‹Material›. War es wissenschaftlicher Ehrgeiz, der ihn anspornte, oder nur Ruhmsucht? Wo verlief da überhaupt die Grenze? Bedauerte ein Mensch wie Marek, daß es keine Todeslager mehr gab, die ‹Spender› liefern konnten? Im Grunde war das die einzige ‹politische› Lösung des Problems ... Würde die Menschheit eines Tages ihre Versuchskaninchen hinter Gittern eingesperrt halten, wie Marek heute seine Hunde hielt?

Es war kühl. Jetzt trat Myrtil wohl den Gang zur Guillotine an. Bilder aus Büchern, Zeitungsartikeln und Filmen stiegen vor mir auf: Der endlose Korridor; die Prozession schwarzgekleideter Männer; der Verurteilte, der im ausgeschnittenen Hemd, die Hände auf dem Rücken gefesselt, neben dem Geistlichen geht ...

Irgendwo schlug es halb ... Jetzt war das Beil gefallen. Myrtil war tot. Im Geiste bat ich Gott, ihm zu vergeben, aber meine Gedanken irrten ab, und ich fragte mich, ob dieser Tod nicht mehr sei als sühnendes Sterben – eher eine geheimnisvolle höhere Schicksalsfügung ... Und wenn das zutraf – was war dann Marek? Genie oder blindes Werkzeug?

«Das dauert aber lang!» knurrte Marek. Er trat von einem Fuß auf den andern, rieb sich die Hände wie ein Turner, der sich vor einer gefährlichen Übung konzentriert.

Zwei Krankenpfleger gesellten sich zu uns. Sie unterhielten sich kurz mit dem Professor in einer Sprache, die ich nicht verstand.

«Können Sie nicht Französisch?» fragte ich.

«Kaum ... Ich will jede Indiskretion vermeiden. Sonst würden wir von den Journalisten belagert, und man kann nicht mehr arbeiten.»

«Aber eines Tages wird die Öffentlichkeit ohnehin ...»

«Je später, desto besser», unterbrach mich der Professor. «Bis dahin werde ich vielleicht die Möglichkeit haben, irgendwo eine Klinik zu bauen, an die man nicht so leicht herankommt.»

«Und die Angehörigen der Operierten? Sie können sie doch nicht einfach . . .»

«Nein; natürlich nicht.»

«Wie werden Sie es ihnen beibringen?»

«Ich zähle auf Sie. Dafür sind Sie ja schließlich da . . . Sagen Sie den Leuten einfach, daß die Organe von unheilbar Kranken stammen. Und sagen Sie ihnen, daß größte Diskretion auch in ihrem eigenen Interesse ist – wenn sie den Mund nicht halten, wird sich die Presse auf sie stürzen wie ein . . . wie sagt man . . . eine Hyäne. Und wenn . . .»

In der Ferne hörte man eine Polizeisirene.

Marek hob den Kopf wie ein witternder Jagdhund. «Na endlich!»

Einen Augenblick später bogen mehrere Polizisten auf Motorrädern in den Hof ein, gefolgt von einem schwarzen Auto und einem Leichenwagen. Krankenpfleger rissen die rückwärtige Tür des Leichenwagens auf und trugen den noch blutverschmierten Sarg ins Haus.

«Was haben sie mit ihm vor?» fragte mich einer der Polizisten. «Wollen sie ihn wieder lebendig machen?»

«Wie hat er sich gehalten?» gab ich zurück.

Er zuckte die Achseln. «Unglaubliche Courage. Er soll zur Guillotine marschiert sein, wie als ob er ein Lotterielos kaufen wollte . . . Der hat nicht bloß keine Angst, wenn Sie mich fragen – der hat kein Gewissen. Eh . . . gehabt, meine ich.»

Der Leichenwagen wendete; die Polizisten salutierten, und der Konvoi fuhr wieder davon. Die Hunde jaulten. Jemand stieß die Flügel des Tors zu.

Für mich war einstweilen das Schlimmste vorüber; ich hatte im Augenblick nichts zu tun. Ich hatte auch keine Lust mehr zum Schlafen. Eigentlich hatte ich zu überhaupt nichts Lust. Ich fuhr mir mit dem Handrücken über das Gesicht. *Ich müßte mich rasieren* . . . Ich ging zurück in das Arbeitszimmer, hob den Hörer ab und wählte die Privatnummer des Präfekten.

«Also ist alles in Ordnung», meinte er, nachdem ich ihm die Lage kurz geschildert hatte.

«Ja . . . Wenn Sie so wollen, ist alles in Ordnung.»

«Was haben Sie denn, Garric? Sie klingen so bedrückt.»

«Eh . . . nichts, Monsieur le Préfet. Ich bin müde. Ich brauche Schlaf.»

«Sind Sie sicher, daß es nichts anderes ist?»

«Nein . . . Das heißt, ich weiß nicht. Ich fühle mich nicht ganz wohl. Ich . . . Das kam alles so überraschend . . . Darf ich eine Frage stellen?»

«Natürlich.»

«Wie kommt es, daß ausgerechnet ein Mann wie Marek ein solches Experiment ... Ich meine, daß er es in eigener Verantwortung ... Er hat die französische Staatsbürgerschaft erworben, aber ...» Ich blieb endgültig stecken. «Bitte verstehen Sie mich nicht falsch, Monsieur le Préfet», schloß ich lahm.

«Ach so ... Nein, ich verstehe Sie schon richtig. Also, ganz im Vertrauen, Garric: Er hat im vergangenen Jahr den Gesundheitsminister gerettet. Die größten Kapazitäten hatten ihn schon abgeschrieben; Marek gelang, was die andern längst aufgegeben hatten ... Begreifen Sie jetzt? Behandeln Sie ihn also mit Glacéhandschuhen. Und halten Sie durch, ja?»

«Ich halte schon durch, Monsieur le Préfet.»

Hätte ich gewußt, was mich erwartete, so wäre ich weniger zuversichtlich gewesen.

Am Mittwochabend, sechsunddreißig Stunden nach Einlieferung der Leiche René Myrtils, schienen die sieben Patienten außer Lebensgefahr. Der Professor wollte sich nicht allzu optimistisch zeigen, aber aus seinen Worten klang Freude und Stolz. Vor allem befriedigte ihn die Transplantation, die er an Albert Nérisse durchgeführt hatte.

«Sein Leben hängt noch an einem Faden», erklärte er mir, «aber er kann bereits schlucken. Er atmet normal; die Augenlider öffnen und schließen sich, und er hört. Die Herztätigkeit ist normal ... Über die psychischen Funktionen zu sprechen ist noch zu früh. Ich tappe noch ein wenig im ... im Finstern? Nein, im dunkeln – es ist das erste Mal, nicht wahr.»

«Sind Sie müde?»

Er sah mich an. In den gelben Augen stand ein gequälter Ausdruck. «Wir sind alle erschöpft.»

Er gestattete mir, die Verunglückten noch vor den Angehörigen zu besuchen. Jumauge und Mousseron waren noch nicht ganz bei Bewußtsein. Riesige Ampullen, die über dem Bett befestigt waren, führten ihnen durch Schläuche ein besonderes Serum zu, dessen Eigenschaften mir Marek zu erklären versuchte. Doch ich hörte nur mit halbem Ohr hin; der Zustand der Operierten erschreckte mich. Das galt auch für die anderen Patienten. Von Nérisse sah man nur die ausgetrockneten Lippen und die Nasenspitze; alles andere lag unter einem Verband. Ein kompliziertes Metallgerüst umschloß Kopf und Schultern.

Der Professor spürte meine Bedenken. «Sie sind noch benommen von den vielen Beruhigungsmitteln», sagte er. «Dazu kommt der Schock – er wirkt ziemlich lange nach. Aber Sie werden sehen, in achtundvierzig Stunden geht es schon wieder aufwärts mit ihnen.»

«Und wenn trotz allem ... eh, etwas schiefgeht?»

«Dann nehme ich eine Autopsie vor. Man muß mir wohl oder übel eine Sonderbewilligung geben ... Ich werde daraus meine Lehren ziehen. Experimente sind unvermeidlich.»

«Sie haben für alles vorgesorgt.»

«Ich bin es gewohnt, für alles vorzusorgen.»

«Haben Sie eigentlich viele Mitarbeiter?»

«Wir sind sechs Chirurgen – fünf Assistenten, die ich selber ausgebildet habe, und ich. Außerdem haben wir ein Dutzend Helfer und Krankenpfleger, und schließlich ist da noch das Personal, das sich um das Haus, das Sekretariat und die Tiere kümmert. Im ganzen zweiundzwanzig Leute ... Übrigens möchte ich Nérisse später hier behalten, wenn er einverstanden ist. Das läßt sich sicher leicht machen, er hat ja keine Familie. Ich möchte sein Verhalten aus nächster Nähe studieren. Es könnten sekundäre Störungen eintreten, und ich habe die Absicht, ihn unter ständiger ärztlicher Kontrolle zu halten.»

«Das ist vielleicht das beste», meinte ich. «Ach, übrigens – da wir schon vom Organisatorischen sprechen: Ich habe doch Ihre Erlaubnis, mich überall frei bewegen zu dürfen und die Operierten jederzeit sehen zu können?»

«Selbstverständlich.»

Am nächsten Tag setzte ich mich mit den Angehörigen in Verbindung. Wie vereinbart, erzählte ich den nächsten Verwandten, daß die Organe von hoffnungslosen Fällen stammten. Wo es nur entferntere Verwandte gab, sagte ich nicht einmal etwas von der Transplantation. Die Presse hatte Myrtils Hinrichtung nur mit einer kurzen Notiz erwähnt. Wir brauchten uns keine Sorgen zu machen.

Der Priester hatte die Operation am besten überstanden. Ich besuchte ihn täglich. Er war fröhlich und schloß gleich mit mir Freundschaft. Auch ich mochte ihn gut leiden, aber seine Fragen machten mich unsicher. Deshalb nahm ich ihn unauffällig scharf unter die Lupe. Sein Arm machte ihm sehr zu schaffen. Er konnte die Finger sehen, die aus dem Gipsverband herausschauten, in dem der transplantierte Arm ruhte, und diese Finger faszinierten ihn.

«Es ist eigenartig», sagte er, «man hätte mir den Arm ebensogut einfach amputieren können. Ich sollte froh sein, einen neuen zu besitzen. Und trotzdem ist mir nicht ganz wohl bei der Sache. Ich weiß nicht, wie ich es erklären soll – es ist, als ... als wäre ich nicht allein, verstehen Sie? Es ist nicht meine Hand.»

«Haben Sie Schmerzen?»

«Eigentlich nicht, nein.»

«Und haben Sie Gefühl in Ihrem rechten Arm?»

«Ich merke überhaupt keinen Unterschied zum linken. Aber ich erkenne meine Hand nicht. Wenn ich erwache, fahre ich jedesmal zusammen. Von innen gehört sie mir, wenn Sie so wollen ... Aber von außen ist sie mir fremd. Die Form der Finger ist mir nicht vertraut. Die Nägel vor allem ... Die Nägel beeindrucken mich am meisten. Und sie sind so breit und kräftig. Ich frage mich, ob ich diese Hand werde benützen können. Manchmal kommt sie mir vor wie ein Pferd, das erst dressiert werden muß.»

Diese Worte beunruhigten mich. Ich wechselte das Thema. Der Geistliche erzählte mir von seinem Leben, von seinen Schwierigkeiten in einer dem Christentum entfremdeten Gemeinde. Er war einer jener militanten Priester, wie man sie jetzt für den Pfarrdienst in Vorstadtbezirken ausbildet, starrköpfig, kurzgeschoren, mit kindlichen Augen und gesunder Gesichtsfarbe. Aber er ließ sich nicht lange ablenken; er kam immer wieder auf sein Problem zurück.

«Sehen Sie, Monsieur Garric, da habe ich ja gesagt, ohne lange nachzudenken, als man mir die Transplantation vorschlug. Ich saß in der Klemme. Aber jetzt möchte ich gern wissen, woher dieser Arm stammt. Wenn man ein Kind adoptiert, erkundigt man sich doch auch nach den Eltern.»

«Na, also ... Das ist wohl nicht ganz dasselbe.»

«Schön; alle Vergleiche hinken. Aber ... Ich meine, schließlich hat man ihn von irgendwoher genommen.»

«Ja, natürlich. Von einem Verunglückten wie Sie, dem aber nicht mehr zu helfen war ... Schauen Sie – es ist ein Experiment, ja? Deshalb bin ich übrigens hier. In diesem Zusammenhang, meine ich. Als Beobachter ... In den Zimmern nebenan liegen noch sechs Operierte. Sie wurden alle dank einer Transplantation gerettet.»

«Alles Arme?»

«Arme, Beine ... alle möglichen Organe. Professor Marek ist Spezialist für derartige Eingriffe.»

«Spezialist, so ... Spezialist für Leichenschändung?»

Was konnte ich antworten? Ich zog mich mit einem Witz aus der Affäre. Seltsam, wie gut sich das Thema dafür eignet ... Dann setzte ich meine Runde fort.

Olivier Gaubrey, der Maler, machte es mir nicht so schwer. Er jammerte nur.

«Ich bin Linkshänder, Monsieur. Was soll ich mit einem linken Arm anfangen, der mir nicht gehört?»

«Warten Sie doch erst mal ab; der Arm wird sich daran ... na, gewöhnen. Anpassen.»

Ich zündete ihm eine Zigarette an und unterhielt mich mit ihm über Malerei. Er machte sich Sorgen, weil sich seine Bilder schlecht verkauften. Er hatte sich auf Marinemalerei spezialisiert.

«Das kommt dem Ungegenständlichen am nächsten», erklärte er. «Segel, Häuser, Felsen – Sie sehen schon, was man alles daraus machen kann, wenn man ein bißchen stilisiert. Aber man wirft mir vor, ich sei zu ‹normal›, zu ‹unmittelbar› ... Was sich verkauft, ist das spitze Zeug – Stacheldraht, Totenpfähle – all dieser Symbolkrampf ...»

Ich hatte die größte Mühe, ihn zu beruhigen. Er mochte schon vor dem Unfall kränklich ausgesehen haben mit seinem eingefallenen Gesicht, das der schüttere rote Bart am Kinn noch länger erscheinen ließ.

Étienne Éramble war genau das Gegenteil. Sehr bürgerlich, sehr gewichtig. Große Möbelfabrik im faubourg Saint-Antoine. Der Tod seiner Frau schien ihm nicht sehr zugesetzt zu haben. Es beschäftigte ihn vor allem, ob er wieder würde gehen können ‹wie vorher›. Er war wütend auf Simone Gallart, die am Steuer des anderen Wagens den Unfall verursacht hatte.

«Ich bitte Sie, Monsieur Garric – mit einem Peugeot 404 versucht man nicht, einen Rover 2000 zu überholen!»

«Nicht so laut! Madame Gallart ist Ihre Nachbarin ...»

«Na und? Soll sie's doch hören! Sie ist ja an dem ganzen Mist schuld ... Überhaupt, ich werde Schadenersatz fordern.»

Simone Gallart sagte nichts. Schlecht frisiert und ohne Make-up lag sie da, gleichgültig, apathisch.

«In einem Monat werden Sie wieder ausgehen können», wiederholte ich. «Ganz bestimmt. Der Professor hat es gesagt.»

Sie stellte sich taub. Was wird geschehen, wenn sie das muskulöse, behaarte Bein Myrtils an Stelle ihres Beines entdecken wird? Als ich Marek die Frage stellte, zuckte er die Achseln.

«Wäre ihr eine Prothese vielleicht lieber?» brummte er.

Er hatte nur Augen für Nérisse. Mit Nérisse ging es aufwärts. Er verstand jetzt, was man zu ihm sagte, und er antwortete auf Fragen, indem er die Augenlider senkte.

«Sehen Sie meine Hand?» Senken der Lider – *ja.* «Haben Sie Schmerzen?» Keine Reaktion – *nein.* «Haben Sie Durst?» *Ja ...*

Marek verbrachte die meiste Zeit am Bett von Nérisse und füllte Hefte mit Notizen.

«Ich möchte schrecklich gern wissen», gestand er mir eines Abends, «ob Nérisse bereits sein eigenes Bewußtsein voll wiedererlangt hat, oder ob er noch ... eh, Mattglas hat.»

«Mattscheibe», verbesserte ich mechanisch. «Aber er antwortet doch.»

«Wenn man aufwacht und sich noch nicht zurechtfindet, dann kann man auf eine Frage antworten und trotzdem nicht wissen, wer man ist.»

«Er ist Albert Nérisse.»

«Ja, natürlich ... Aber ist er sich dessen schon bewußt? Das ist das Problem. Nehmen wir an, ‹es› denkt einstweilen in seinem Kopf. Wie lange dauert es, bis die Neubildung des Bewußtseins abgeschlossen ist? Das möchte ich wissen!»

Der kleine Mousseron war wieder bei vollem Bewußtsein, aber er war sehr schwach und hatte stark abgenommen. Ich merkte, daß ihm seine Prüfungen Sorgen machten. Er war im Begriff gewesen, sich auf sein Englischdiplom vorzubereiten.

Francis Jumauge war von den Sieben wohl der Sonderbarste. Er lebte allein in einem Häuschen in Versailles, wo er Privatstunden gab, und seine kümmerliche Existenz spiegelte sich in seiner ganzen farblosen Erscheinung.

Geduldig setzte ich die einzelnen Bruchstücke ihrer Dossiers zusammen; ich versuchte, mehr über ihr Leben zu erfahren, um die Fragen beantworten zu können, die man mir später sicherlich stellen würde. Es ist gar nicht so leicht, in das Privatleben eines Menschen einzudringen. Vorläufig besaß ich kaum mehr als die Auskünfte, die etwa eine polizeiliche Vernehmung auch ergeben hätte. Ich hatte ein ziemlich klares Bild von Érambles Charakter. Ich begann, den Maler und den Studenten zu begreifen; auch der Priester gab keine Rätsel auf. Aber die beiden andern blieben mir einstweilen fremd.

Abbé Leviret schien sich mit dieser Hand, die ihn erschreckt hatte, anzufreunden. Er begann sie zu bewegen. Die Finger gehorchten ihm. Und er gab sogar zu, daß in dem Arm eine ihm ungewohnte Kraft steckte.

«Ich werde aber doch lieber einen Handschuh tragen», meinte er. «Ich kann mir nicht weismachen, daß es *meine* Hand ist. Ein gutes Werkzeug, einverstanden. Aber nicht mehr.»

«Auch beim Zelebrieren der Messe? Ich meine, geht das?»

«Vielleicht brauche ich eine besondere Erlaubnis. Meines Wissens hat es noch nie einen derartigen Fall gegeben ... Möglicherweise könnten Probleme kanonischer Natur auftauchen.»

Inzwischen machte Nérisse weitere Fortschritte, und bald hatten wir den Beweis, daß er wieder er selbst war. Zum Beispiel weigerte er sich hartnäckig, Milch zu trinken.

«Sie sollten sich mal erkundigen», schlug Marek vor. «Fragen Sie in den Geschäften, in denen er eingekauft hat.»

Ich erfuhr es von seiner Zimmervermieterin. Sie hatte ihm jeden Morgen das Frühstück zubereitet und berichtete, daß Nérisse Leberbeschwerden hatte und Milch nicht ausstehen konnte. Myrtil dagegen hatte alle Milchprodukte gemocht und noch am Abend vor seiner Hinrichtung Milchreis gegessen ... Es gab keinen Zweifel mehr: Nérisse erlangte allmählich sein eigenes Bewußtsein wieder. Verschiedene kleine Anzeichen wiesen ebenfalls darauf hin – Nérisse fuhr sich beispielsweise immer wieder ganz mechanisch mit der Hand über die Wangen.

Marek wußte als erster diese Geste zu deuten: «Er sucht seinen Bart ...»

Tatsächlich hatte Nérisse einen Bart getragen, während Myrtil immer glattrasiert gewesen war. Und als Nérisse die ersten Worte formen konnte, flüsterte er mehrere Male: «Bank ... benachrichtigen ...»

Selbstverständlich hatte ich diesbezüglich bereits das Nötige unternommen. Ich gab seinem Direktor zu verstehen, daß Nérisse längere Zeit in einem Erholungsheim bleiben müsse. Wenn ein höherer Polizeibeamter mit geheimnisvoller Miene und in vagen Andeutungen spricht, stellen die Leute gewöhnlich keine weiteren Fragen; sie vermuten das Schlimmste und schweigen ... Immerhin erfuhr ich bei dieser Gelegenheit, daß Nérisse ein vorbildlicher Angestellter von beinah krankhafter Gewissenhaftigkeit war. Die Operation hatte ihn also nicht verändert. Kaum war er auf höchst ungewöhnliche Weise wieder zum Leben zurückgekehrt, befürchtete er schon, daß er eine Rüge einstecken könnte ... Es war irgendwie rührend, aber dennoch konnten wir ein Lächeln nicht unterdrücken. Myrtils Mund sagte: «Bank ... benachrichtigen ...», und dabei war der tote Myrtil Fachmann für Banküberfälle gewesen! Mir schoß der Gedanke durch den Kopf: Jetzt ist Myrtil zum zweitenmal gestorben!

Den Patienten ging es zusehends besser. Sobald der Zustand jedes einzelnen es erlaubte, berichtete ich ihm, was geschehen war; ich sprach von dem neuartigen Experiment; ich erklärte, die Glieder und Organe stammten von hoffnungslos Verunglückten ... Und keiner protestierte. Ja, nicht einmal besonders erstaunt waren sie. Alle waren heilfroh, ihren Unfall überlebt zu haben. Das Wunder der Transplantation überraschte sie gar nicht; sie glaubten sich alle daran zu erinnern, von solchen Operationen schon in der Zeitung gelesen zu haben. Einzig Simone Gallart war von ihrem Männerbein nicht sehr begeistert. Aber sie reagierte weniger heftig, als ich befürchtet hatte; eigentlich störte sie nur die Tatsache, daß es behaart war. Vor allem aber trat das Problem zurück hinter der Trauer über den Verlust ihres Mannes.

Bald konnten die leichteren Fälle aufstehen. Sie schlossen Bekanntschaft, luden sich gegenseitig ein, unterhielten sich miteinander. Étienne Éramble stellte sich trotz seiner früheren Drohungen Simone Gallart vor; die würdige Haltung der Witwe beeindruckte ihn sehr, und er ließ ihr sogar Blumen schicken. Der Pfarrer hatte auf alle einen guten Einfluß. Gaubrey unterhielt sich mit ihm über seine Malerei. Einzig Jumauge, auf dessen Fall ich bisher absichtlich nicht näher eingegangen bin, hielt sich abseits. Er schien bedrückt und vertraute sich niemandem an. Nérisse war noch zu schwach, um Besuche empfangen zu können, aber er war fähig, einer Unterhaltung zu folgen. Ich brachte ihm Zigaretten; er war leidenschaftlicher Raucher.

Auch hier ergab sich Gelegenheit zu einem Test, der von neuem bestätigte, daß Nérisse sein eigenes Bewußtsein wiedererlangt hatte: Myrtil hatte ausschließlich amerikanische Zigaretten geraucht und Nérisse nur Gauloises – in seiner Manteltasche war ein Päckchen gefunden worden. Wir boten ihm verschiedene Marken an; ohne zu zögern wählte er Gauloises.

«Ein weiterer Beweis», sagte der Professor, «daß die Einheit des menschlichen Wesens hauptsächlich in Genen und Zellstrukturen fixiert ist; Vorgänge im hormonalen Bereich mögen eine Rolle spielen, insoweit sie an dem komplizierten Apparat beteiligt sind, der die Zellregeneration steuert ... Ganz offensichtlich ist das Großhirn in erheblich geringerem Maße an diesen Dingen beteiligt, als die Schulmedizin bisher angenommen hat. Ich frage mich sogar ... aber das ist eine ketzerische Hypothese ... Ich frage mich, ob nicht unsere Gewohnheiten, unsere Neigungen und Triebe in der Blutsubstanz gespeichert sein könnten ...» Er gab sich einen Ruck. «Vergessen Sie das. Soweit sind wir noch lange nicht.»

Diese Theorie, die mir ganz einleuchtend schien, brach am nächsten Tag bereits zusammen. Als ich zu dem Pfarrer ging, um ihn zu bitten, Jumauge ein wenig auszuhorchen, fand ich ihn höchst besorgt.

«Geben Sie mir Ihr Ehrenwort», sagte er, «daß Sie mir offen antworten werden ... Wem gehörte mein neuer Arm?»

Ich gab mir Mühe, meine Verlegenheit zu verbergen. «Sie wissen es doch», antwortete ich. «Er wurde einem Mann abgenommen, der einen schweren Unfall hatte ...»

«Haben Sie meinen Arm gesehen?»

«Nein ... Als ich hier ankam, waren alle Operationen bereits beendet. Ich sagte Ihnen ja schon: meine Rolle beschränkt sich darauf, die moralischen und physischen Nachwirkungen dieses Experimentes zu beobachten.»

«Na eben. Dieser Arm ist tätowiert.»

Ich stand wie vom Blitz getroffen. Wie hatte das passieren können! So eine Unvorsichtigkeit! Dabei hätte man sich doch vorstellen können ... Tausend Gedanken wirbelten mir durch den Kopf.

«Eine schöne Tätowierung», fuhr der Pfarrer fort, «mit einem Herz darauf.»

Ich schöpfte Hoffnung. «Ein Herz», murmelte ich, «das ist doch nicht so schlimm, ein Herz ... Sie haben doch viel mit Jugendlichen zu tun – denen wird das sogar imponieren. Es ist ... eh, männlich, nicht wahr? Und gleichzeitig kann ein mystischer Sinn dahinter verborgen sein.»

«Leider ist es nicht nur ein Herz.»

«Ach so. Ist auch ein Pfeil dabei?»

«Ja. Und eine Inschrift: LULU.» Er sah mir gerade in die Augen.

«Sehen Sie, der Professor ...» stotterte ich. «Es war eine Zwangslage. Auf der einen Seite die Sterbenden, auf der andern Menschen, die eine Chance hatten, die Operation zu überstehen, und ...»

«Wer war dieser Mann?»

«Er ist tot; was spielt es für eine Rolle?»

«Ich frage nicht nur aus Neugier, Monsieur Garric ... Sehen Sie, es ist ganz eigenartig. Sobald ich ein Geräusch wahrnehme – wenn jemand unvermutet die Tür öffnet oder wenn ich hinter mir Schritte höre – fährt meine neue Hand ganz mechanisch in die Achselhöhle und beginnt dort zu suchen ... Es ist eine Art Reflexbewegung, aber von erschreckender Schnelligkeit. Und jetzt frage ich mich, ob sie nicht nach einer Waffe sucht ... Verstehen Sie, was ich meine?»

Ich konnte einfach nicht lügen. «Also gut ... Der Mann hatte nicht gerade den besten Ruf. Aber immerhin ist er jetzt tot; er hat mit seinem Tod gesühnt. Er hat ehrlich bereut. Er hat seinen Körper hergegeben ... Was wollen Sie mehr? Seine Hand wird sicher nicht mehr von bösen Absichten gelenkt.»

«Gewiß nicht», meinte der Priester. «Sie gehorcht mir ja, und auch der Arm ... Aber Sie müssen doch zugeben: Die Vorstellung ist doch beängstigend, ich könnte während der Ausübung meines Amtes unwillkürlich gewisse Bewegungen machen ...»

«Ich werde mit dem Professor darüber sprechen», sagte ich. «Wir werden es uns überlegen.»

Marek war gar nicht besonders überrascht. «Ein einfacher Muskelreflex», erklärte er. «Sie können dem Patienten versichern, daß das Phänomen bald völlig verschwinden wird. Während der ersten Monate kann so etwas auftreten – das sind leichte Assimilationsstörungen. Es ist nicht von Belang.»

«Und Nérisse? Wenn er sich im Spiegel sieht?»

«Daran habe ich auch schon gedacht», sagte der Professor trocken. «Dann sage ich ihm eben, daß er einen neuen Kopf hat. Er wird sich schon daran gewöhnen.»

Hoffen wir das beste, dachte ich. Aber ich blieb mißtrauisch. Und es erwies sich, daß ich recht hatte ... Unsere Patienten durften aufstehen; sie gingen in den Garten, lagen in der Sonne und unterhielten sich. Es gab nur ein Gesprächsthema: die Operation. Einer berichtete dem andern, was er empfand; jeder versuchte, die Folgen der Transplantation abzuschätzen. Der Maler war noch immer ganz verstört. Éramble fand sein neues Bein ordinär. Mousseron dagegen war von seinem neuen Herz begeistert; er atmete mühelos und meinte, er hätte einen guten Tausch gemacht. Nur Jumauge schwieg sich weiter aus.

Als man ihnen auch noch den letzten Verband abnahm, untersuchten sie ihre Narben und verglichen sie miteinander. Gaubrey, der stets einen Grund zum Reklamieren suchte, entdeckte an seinem Arm eine lange, weiße Linie, die sich als flacher Wulst vom Oberarm bis zur Armbeuge hinunterzog – eine alte Narbe, die mit der Operation nichts zu tun hatte. Auch die anderen untersuchten ihre neuen Körperteile, und Éramble fand auf der Innenseite seiner Wade eine rosarote Vertiefung im Fleisch, die mit einer kreisrunden, geringfügigen Schwellung an der Außenseite korrespondierte, auf der keine Haare wuchsen.

«Ich freß einen Besen, wenn das kein Durchschuß war!» rief er. «Und Ihr Arm, Gaubrey – der war einmal verletzt . . . Gemeinheit, uns solche Glieder anzunähen!»

Ich war bei diesem Auftritt nicht dabei, aber Abbé Leviret erzählte mir davon.

«In diesem Augenblick trat Jumauge dazwischen», berichtete er weiter. «Und wissen Sie, was er tat? Er begann an den Fingern abzuzählen: ‹ein linker Arm, ein rechter Arm, ein linkes Bein, ein rechtes Bein, eine Brust, ein Bauch . . . Fehlt noch der Kopf, und wir haben den Menschen beisammen.›»

Der Pfarrer bemerkte meine Bestürzung. Er sah mich prüfend an; dann sagte er langsam: «Der Kopf . . . Ist das Nérisse?»

Ich nickte stumm.

«Ich habe es geahnt . . . Es ist ein und derselbe Mann, nicht wahr?»

«Ja.»

«Hm . . . Narbe von einem Messerstich auf dem einen Arm, Tätowierung auf dem andern; Durchschußnarbe am Bein . . . Sie sagten, der Mann habe nicht den besten Ruf gehabt. Er war wohl ein Gangster?»

Ich nickte.

«Und Sie behaupten, daß er bereut hat.»

«Ja. Bevor er starb, hat er . . .»

Er ließ mich nicht ausreden. «Dann . . . Er ist nicht einem Unfall zum Opfer gefallen, nicht wahr? Er wurde . . .» Er fuhr sich mit dem Finger über den Hals.

«Schwören Sie mir, niemand ein Wort zu verraten? Dann will ich Ihnen alles erklären», sagte ich.

Er lächelte schwach. «Darin habe ich von Berufs wegen eine gewisse Erfahrung . . .»

Ich erzählte ihm, was sich in den letzten Tagen abgespielt hatte – von René Myrtils edelmütigem Ende, von Professor Mareks Experiment und von den großartigen Perspektiven, die es der Chirurgie eröffnete. Der Priester hörte aufmerksam zu. Ich hob die Tatsache hervor, daß Myrtil kein gemeiner Triebverbrecher gewesen war, sondern ein sozial Entgleister, ein aus der Bahn geworfener Mensch.

«Sollten unsere Freunde jemals hinter die Wahrheit kommen», schloß ich, «werden sie feststellen, daß Myrtil unter allen zum Tode Verurteilten die günstigste Möglichkeit war.»

«Sie werden bald dahinterkommen», murmelte der Priester; «verlassen Sie sich darauf.»

«In diesem Fall könnten Sie sie vielleicht ein wenig darauf vorbereiten, Monsieur l'Abbé ... Es würde den Schock mildern.»

Er schwieg einen Augenblick. «Haben Sie ein Bild von Myrtil?» fragte er dann.

«Ja, aber ... Wozu, Monsieur l'Abbé? Myrtil ist ja hier ... Nérisse hat seinen Kopf, und jeder von Ihnen ...»

«Ach so, ja ...» flüsterte der Pfarrer verstört. «Man kann sich das gar nicht vorstellen. Myrtil ist unter uns, aufgeteilt auf sieben Personen ... Mein Gott, was ich da sage, kommt mir blasphemisch vor ... oder liegt es nur an der Unzulänglichkeit unserer Sprache, die nicht ausreicht, auszudrücken, was hier geschehen ist? Myrtil ist tot: Das ist die Wahrheit, an die man sich klammern muß. Und doch ...» Er bewegte seine rechte Hand. «Das ist ganz eindeutig meine rechte Hand, denn sie gehorcht mir. Aber wenn sie erschrickt ...»

«Der Professor hat mir versichert, daß es sich um eine leichte Assimilationsstörung handelt ...» Ich erläuterte Mareks Theorien über die Beziehung zwischen Blut und menschlicher Persönlichkeit, so gut ich es nach den wenigen Andeutungen des Professors konnte. Er nickte, schien aber nicht sehr überzeugt. «Hoffentlich stimmt das. Aber was ich im Seminar über die Einheit von Leib und Seele gelernt habe, läßt sich schwerlich damit in Einklang bringen ... Ich müßte meinen Beichtvater fragen.»

«Tun Sie das nicht! Nicht jetzt – warten Sie noch ein wenig, Monsieur l'Abbé. Es handelt sich vorerst nur um einen Versuch, dessen Ergebnisse wir studieren. Und vorläufig sind sie eher positiv, das müssen Sie doch zugeben.»

«Ja ... Aber ich glaube, daß diese Geheimniskrämerei nicht gut ist. Auch für Sie und den Professor nicht ... Ich werde mit unseren Freunden reden.»

«Nein! Keine gemeinsame Aussprache! Wenn der Professor einverstanden ist, wollen wir jeden einzeln einweihen.»

Wir begannen mit Éramble, der am nervösesten war. Seine Reaktion war völlig unerwartet: Er brach in schallendes Gelächter aus.

«Das paßt mir schon besser in den Kram!» rief er. «Wenigstens ist das originell. Ein zum Tode Verurteilter, das ist immerhin Klasse!» Er lachte wieder, hielt aber plötzlich inne und wurde ernst. «Aber ... Moment mal – dann hat ja Simone ... Ich meine, dann hat doch Madame Gallart mein zweites Bein ... Nein, Unsinn: Dann ... Ja: Unsere beiden Beine bilden ein Paar!»

Wir überließen ihn seinen Meditationen.

Auch Madame Gallart reagierte überraschend. «Das Bein ist doch nur provisorisch», erklärte sie. «Wenn man so leicht ein Bein transplantieren kann ... Dieses hier paßt nicht; na schön. Man wird es mir bei der nächstbesten Gelegenheit wieder abnehmen und gegen ein besseres austauschen, nicht wahr?»

Der Abbé seufzte auf. «Diese Egoisten!» sagte er leise.

Gaubray hatte an Myrtil nur eines auszusetzen: daß er nicht Linkshänder gewesen war. Mousseron war sehr froh, Myrtils Herz und Lungen geerbt zu haben.

«Das Herz ist schon immer mein schwacher Punkt gewesen», gestand er. «Jetzt werde ich Sport treiben können und Saxophon spielen ... Vorher wurde ich immer gleich müde!»

Bei Nérisse wollten wir besonders behutsam vorgehen, doch er unterbrach uns gleich.

«Ich habe es gewußt», sagte er. «Sobald ich mich im Spiegel sah, erkannte ich den Kopf. Sein Foto wurde in allen Banken dem Personal vorgelegt; monatelang habe ich es jeden Tag betrachtet, um Myrtil zu erkennen, falls er bei uns auftauchen sollte. Und dazu die Narbe rund um den Hals ... Es gehört nicht viel Phantasie dazu.»

«Und was haben Sie für ein Gefühl?»

«Ich versuche, mich daran zu gewöhnen. Es ist nicht ganz einfach.»

Jumauge hörte uns stillschweigend an. Auf unsere Fragen gab er ausweichende Antworten. Myrtil interessierte ihn überhaupt nicht.

«Aber schließlich und endlich müssen Sie doch etwas empfinden?» sagte ich.

«Ja ... Ich träume. Ich träume entsetzlich viel ... Furchtbare Träume. Ich habe nicht gewußt, daß es ... daß man derart unkeusche Dinge ... daß es das gibt!» Er schüttelte sich angewidert. «Lassen Sie mich ...»

Der Abbé und ich tauschten einen Blick.

«Vielleicht wäre es besser gewesen, man hätte ihn sterben lassen», sagte der Priester leise, als wir das Zimmer verlassen hatten.

Abbé Leviret wurde mit der Zeit mein Mitarbeiter. Er verstand genau, worum es bei meiner Mission ging, und gab sich alle Mühe, mir zu helfen. Sobald sich die sieben Patienten besser fühlten, wollte ich nicht mehr ständig in der Klinik sein; ich befürchtete, meine Anwesenheit würde nicht gerade entspannend auf sie wirken. Für den Priester war die psychologische Ausgangsbasis günstiger. Hinterher tauschten wir unsere Eindrücke aus, und ich legte für jeden einzelnen Patienten eine Akte an – auch für den Fall, daß ich später einmal ein Buch über das Experiment schreiben sollte. Der Professor verfaßte persönlich die täglichen Krankenberichte, und ich schickte sie an Andreotti weiter. Sie waren immer knapp und sachlich, aber sehr zuversichtlich.

Die Operierten machten wirklich erstaunliche Fortschritte. Éramble und Madame Gallart gingen noch am Stock, aber in einigen Tagen würden sie wieder ihren Geschäften nachgehen können. Gaubrey kam mit seinem neuen Arm ganz gut zurecht, wenn er auch als Linkshänder anfangs ziemliche Mühe hatte. Er hatte einen kläglichen Malversuch unternommen; das Ergebnis war niederschmetternd. Mousseron war frisch und munter und begann bereits wieder zu turnen. Jumauge ging es trotz seiner finsteren Laune recht gut. Er aß wie ein Drescher, so daß Marek ihn auf Diät setzen mußte. Einerseits beunruhigte es ihn ein wenig; andererseits bestätigte dieser Heißhunger seine Theorie, derzufolge jene Körperpartien, die vegetative Funktionen haben, im gewissen Sinne am autonomsten und unabhängigsten seien. Myrtil war ein großer Esser gewesen. Jumauge hatte dieselben Anlagen, aber er hatte immer mit dem Magen zu tun gehabt. Aus lauter Freude, ohne störende Folgen essen zu können, übertrieb er es jetzt. Er bestellte auch bei Abbé Leviret, der die Klinik verlassen durfte, Cognac und Himbeergeist. Der Priester weigerte sich zunächst, aber ich bat ihn, ihm die kleine Freude zu machen – mit dem Hintergedanken, daß Jumauge dann vielleicht etwas mitteilsamer würde. Aber es half nichts; er blieb schweigsam und verschlossen. Ich zog Erkundigungen über ihn ein und sammelte mühsam einige dürftige Informationen. Jumauge leitete in Versailles eine kleine Privatschule, das ‹Erasmus-Institut›, wo man sich auf das Abitur und alle möglichen Prüfungen vorbereiten konnte. Er lebte allein, doch ging er gelegentlich mit einer viel älteren Frau aus. Sie hieß Nadine Mestreau und war Pianistin. Ich nahm mir vor, sie später einmal zu besuchen.

Am meisten beschäftigte ich mich mit Nérisse. Er war jetzt so weit hergestellt, daß er allein gehen konnte. Er hielt den Kopf ganz steif und sprach mit kehliger, heiserer Stimme. Der Professor war von seinem Werk nicht völlig befriedigt. Er hatte in erster Linie Bedenken wegen der Nervenbündel des Rückenmarks gehabt; nun stellte sich heraus, daß ausgerechnet die Stimmbänder die meisten Schwierigkeiten machten. Aber Nérisse fühlte sich wohl und schien glücklich, daß er überhaupt am Leben war. Er hatte sich einen Bart wachsen lassen, was ihn mit Myrtils Gesicht ein wenig aussöhnte. Aber ganz war er noch nicht über die Sache hinweg. Vor dem Unfall war er beinahe kahl gewesen, während er jetzt kaum sein Haar bändigen konnte; beim Rasieren schnitt er sich ständig, weil ihm die Wangen, die Hautfalten und die Form des Kinns nicht vertraut waren. Das alles ärgerte ihn, denn er war genauso pingelig wie früher. Darum litt er auch sehr darunter, daß sein Zahlengedächtnis nachgelassen hatte.

«Was mich am meisten stört, ist, daß ich immer in Dollars rechnen muß . . . Warum ausgerechnet in Dollars? Ich werde bei der Arbeit alles durcheinanderbringen . . . Falls ich überhaupt je wieder arbeiten kann.»

Der Pfarrer und ich brachten ihm nach und nach bei, daß es für ihn am besten wäre, in der Klinik zu bleiben. Der Professor brauche gerade einen zuverlässigen zweiten Buchhalter, und er werde ohnehin noch eine Weile unter ärztlicher Aufsicht bleiben müssen. Nérisse hatte nichts dagegen einzuwenden. Es war ihm sowieso nicht wohl bei dem Gedanken, in seiner alten Umgebung ausgerechnet mit dem Gesicht eines notorischen Bankräubers herumzulaufen. Er war also einverstanden.

«Unter der Bedingung, daß ich sonntags ins Kino gehen kann», erklärte er. Und er gestand, daß er eine Schwäche für Wildwestfilme hatte. Die Indianer, die Postkutsche, die Schießereien – das fand er herrlich . . . Auch Buchhalter können den Hang zum Romantischen in sich tragen.

«Und dann werden Sie Präsident unseres Vereins!»

Der Pfarrer hatte diesen Satz einfach so hingeworfen, ohne irgendwelche Absicht, als Scherz. Und doch fanden wir alle drei sofort, daß sei eine großartige Idee. Ja, man müßte einen Verein gründen, um das Band zwischen den sieben Opfern eines unglückseligen Zufalls zu festigen.

«Es ist sogar so etwas wie eine Pflicht», meinte Nérisse, «weil die sieben Teile ein und desselben Mannes in uns weiterleben.»

«Richtig», bestätigte der Abbé. «Wenn wir uns trennen würden, wäre Myrtil gleichsam in alle Winde zerstreut. Wenn wir uns dagegen vereinigen, bleibt er gewissermaßen auch vereint. Es gibt keinen anderen Weg, ihm unsere Dankbarkeit zu bezeugen.»

Der Plan wurde einstimmig gutgeheißen. Man beschloß, sich einmal im Monat in der Klinik zu treffen. Der Professor stellte einen Raum im ersten Stock zur Verfügung. Sollte man Statuten aufstellen? Ein heikles Problem. Wenn ja, müßte man jedenfalls die wahren Hintergründe des Zusammenschlusses vertuschen, denn das Gesetz würde es nicht billigen. Trotzdem hatten wir das Recht, einen Klub zu gründen und unser eigenes Reglement auszuarbeiten.

«Der Klub der Auferstandenen», schlug Éramble vor.

Warum nicht? Wir würden uns bei einem gemeinsamen Essen miteinander unterhalten, und jeder würde berichten, wie es ihm ging.

«Und vorher könnte ich, wenn Sie einverstanden sind, eine Messe für Myrtils Seele lesen», meinte der Priester.

Natürlich waren alle einverstanden.

Simone Gallart fand, die Mitglieder sollten ein Abzeichen tragen – etwas Diskretes, aber doch Beziehungsvolles. «Wir dürfen nicht vergessen», sagte sie, «daß sich unser Verein weiter ausdehnen wird. Wenn Transplantationen dieser Art leicht auszuführen sind, wird es in absehbarer Zeit immer mehr Leute wie uns geben.»

Darauthin entstand eine lebhafte Diskussion. Nérisse war anderer

Meinung. Was die Originalität der Gruppe ausmachte, war in seinen Augen die Tatsache, daß man ein und denselben Spender hatte, der bei dieser Gelegenheit total aufgeteilt worden war.

«Wir sind nicht sieben, genaugenommen, sondern acht», bemerkte er scharfsinnig. «Vielleicht gibt es nicht so bald wieder einen solchen Fall.»

Das lag auf der Hand. Simone Gallarts Vorschlag wurde verworfen, und man ging daran, den Vorstand zu wählen. Der Abbé, der es gewohnt war, Versammlungen zu leiten, wurde zum ersten, Nérisse zum zweiten Vorsitzenden und Kassierer gewählt. Mich bestimmte man zum Sekretär. Der Beitrag wurde auf zwanzig Francs im Monat festgesetzt. Jumauge, der zu Hause einen Vervielfältigungsapparat hatte, sollte ein Vereinsblatt herausgeben. Die erste Zusammenkunft wurde auf den folgenden Sonntag festgesetzt; anschließend sollten die Patienten aus der Klinik entlassen werden.

So versammelten wir uns am Sonntag um zehn Uhr im großen Saal des ersten Stocks. Der Pfarrer hatte den langen Untersuchungstisch in einen Altar verwandelt. Das gesamte Personal hatte sich eingefunden. Der Abbé sprach schlicht, wie er es von seiner Vorstadtgemeinde gewohnt war.

«Myrtil war ein Sünder», sagte er, «aber auch Barabbas war ein Sünder. Der Herr versagt sich keinem, und er nützt stets das Schlechte, um daraus Gutes zu schaffen. Myrtil hat bereut, wie wir alle wissen. Er sehnte sich mit aller Kraft nach dem Tod, um seinen Körper unschuldigen Opfern zum Geschenk zu machen. Wenn wir fähig sind, einander zu lieben, so wie er uns geliebt hat, ohne uns zu kennen, zahlen wir ihm nicht nur unsere Schuld zurück, sondern wir erwecken ihn auch noch zu einem neuen, unsichtbaren und geheimnisvollen Leben, das wir zwar nicht erfassen können, das aber dennoch wahrhaftig wirklich ist. Dank der Wissenschaft und dank der Liebe weilt der tote Myrtil noch unter uns. Diese rechte Hand, die getötet hat, wird euch nun segnen. Sie hat wieder Ruhe gefunden. An euch ist es, aus Myrtils Körper einen treuen Diener zu machen. Er soll euch nicht mehr ängstigen. Er hat die Schrecken des Todes gekannt. Es ist ihm verziehen worden. Wir wollen gemeinsam über ihn wachen. Amen.»

Nach der Messe zogen sich Mareks Mitarbeiter zurück, und wir schmückten die Festtafel. Der Tisch war für zehn Leute gedeckt.

«Wir sind nur neun», bemerkte Nérisse.

«Nein», entgegnete der Priester. «Wir sieben, der Professor, Monsieur Garric und Myrtil, das macht zehn ... Ich glaube, daß wir an unseren Versammlungen jedesmal einen Platz freihalten sollten für den, der immer ein wenig unter uns ist ...»

«Finden Sie nicht auch, daß er übertreibt?» flüsterte mir Simone Gallart zu, während ich mit ihr den Tisch mit Blumen schmückte. «Diese kleinen Priester von heutzutage haben alle eine Schwäche für den Pöbel ... Er wird aus diesem Myrtil noch einen Transplantations-Christus machen! Wenn er mit seiner Hand zufrieden ist, um so besser für ihn.»

«Warum sollte er mit seiner Hand nicht zufrieden sein? Geht's denn bei Ihnen nicht gut? Ich dachte ...»

«Doch, doch. Ich kann gehen, Sie sehen es ja ... Aber es ist eine Quälerei!»

Überrascht zog ich sie beiseite.

«Bitte, verheimlichen Sie mir nichts. Haben Sie Schmerzen?»

«Nein. Es tut mir nichts weh. Nur ... Ich kann mich nicht daran gewöhnen, verstehen Sie?» Sie errötete. «Ich weiß nicht, wie ich Ihnen das erklären soll. Ich fühle, wie dieses fremde Bein an meinem eigenen entlang streicht ... Es ist dick; es reibt ständig, und die Haare kitzeln mich ... Ich denke nur noch an dieses Bein. Wenn ich allein bin, muß ich es immer anschauen, berühren ... Ich glaube, ich habe es lieber als mein eigenes, und zugleich hasse ich es. Ich ... Nein, das kann ich Ihnen nicht sagen.»

«Doch, bitte! Sie müssen sprechen!»

«Also gut ... Ich bin ihm ganz hörig. Es ist ... Wie eine Vergewaltigung ist es.»

«Ja, aber ... Mein Gott! Das muß ich sofort dem Professor ...»

Sie packte mich am Arm. «Nein! Ich verbiete es Ihnen!»

«Er kann aber sicher etwas dagegen tun. Er wird ...»

«Habe ich denn gesagt, daß es mir unangenehm ist? Es ist ein ... ein eigenartiges Gefühl, das ist alles.» Sie ließ mich abrupt stehen.

Ich schaute ihr nach. Sie hielt sich immer noch etwas steif, aber ihre Silhouette war elegant, und sie wiegte sich leicht in den Hüften wie eine normale Frau.

«Die langen Hosen stehen ihr nicht, finden Sie nicht auch?» Éramble trat zu mir und bot mir eine Zigarette an. «Unter uns gesagt, wie nimmt sie es?»

«Schwer», sagte ich. «Und Sie?»

«Ach ... Ich kann nicht klagen. Nur etwas ist komisch: Sobald ich etwas auf dem Boden liegen sehe, ein Papierknäuel, eine leere Zigarettenschachtel – dann kribbelt es mich, dem Ding einen Tritt zu geben, einfach aus Spaß wie ein kleines Kind ... Und sie? Was spürt sie? Sie ist nicht sehr gesprächig, was? Ich hab schon versucht, sie ein bißchen auszuholen, aber ohne viel Erfolg ... Schade! So eine hübsche Frau!»

Ich beobachtete ihn aus den Augenwinkeln. Mir fiel plötzlich ein, daß die beiden zusammen ... Nein, der Gedanke war absurd.

«Sie soll sehr reich sein», sagte ich.

«Reich ist gar kein Ausdruck», behauptete Éramble. «Ich habe mich erkundigt ...» Er hielt inne und lachte gezwungen. «Das ist natürlich Unsinn. Ich hab nur Spaß gemacht.»

«Es ist doch nichts dabei.»

«Nein, gewiß nicht ... Sie hat schließlich alles, was es braucht, um mein Interesse zu wecken!»

Er bemerkte meinen Blick und zog mich ans Fenster.

«Ich muß mit Ihnen sprechen», sagte er hastig. «Bei dem Abbé bin ich gehemmt. Mit Ihnen ist es etwas anderes ... Dieses Bein spielt mir dumme Streiche. Ich muß ständig daran denken, daß sie das zweite Bein hat. Ich weiß, es ist lächerlich, es ist Unsinn, aber ... Es ist stärker als ich. Ich habe das Gefühl, daß ich ein Anrecht auf sie habe ... Ich möchte sie ständig fragen, wie es meinem linken Bein geht, ob sie damit zufrieden ist – als hätte *ich* es ihr aus purer Freundlichkeit überlassen.»

«Sie identifizieren sich mit Myrtil?»

«Nein. So ist es auch wieder nicht ... Ich will sagen, daß Myrtils Bein mein wahres Bein geworden ist, mit dem ich mich wohl fühle. Das andere, das linke, bedeutet mir nichts mehr. Es ist häßlich. Es ist viel schwächer. Es langweilt mich. Und ich vermisse das zweite Bein, das Madame Gallart gehört. Es fehlt mir ... Warum hat man es mir nicht auch noch gegeben, wo man doch schon beim Operieren war? Ist es vielleicht menschlich, ein Paar Beine voneinander zu trennen? Madame Gallart ist unglücklich mit diesem Bein, und ich bin unglücklich ohne es ... Glauben Sie vielleicht, daß ich Madame Gallart so betrachte wie ein Mann, dem eine Frau gefällt? Keine Spur! Was ich an ihr sehe, ist mein linkes Bein ... Mein Gott, was soll ich tun?»

«Heiraten Sie es doch ... Ich meine, heiraten Sie Madame Gallart.»

«Ich soll ... Wie war das?»

«Verzeihen Sie», sagte ich. «Das ist mir bloß so herausgerutscht.»

«Oh! Ich bin Ihnen keineswegs böse ... Ich habe auch schon daran gedacht. Wir können uns ja später darüber unterhalten», schloß er hastig.

Der Abbé klatschte in die Hände, um uns zu Tisch zu bitten. Er wies uns unsere Plätze. Er saß oben an der Tafel; ihm gegenüber, am andern Tischende, war der Platz des Toten. Mit gespielter sorgloser Laune setzte ich mich neben den leeren Stuhl. Dieser Stuhl lastete anfänglich auf der Stimmung. Aber bald belebte sich das Gespräch. Das Essen war vorzüglich; die Sonne durchflutete den Saal, und die Runde wurde immer fröhlicher. Der leere Stuhl war vergessen. Nur wenn ich zu Nérisse hinübersah ...

Es waren Myrtils Augen, die mich anblickten. Ich mußte wegschauen. Ich hatte das Gefühl, dem Blick eines Toten zu begegnen.

Plötzlich sagte Mousseron gedankenlos: «Wo ist eigentlich Myrtil begraben? ... Oh, Verzeihung!»

Und als ihn die übrigen tadelnd anschauten, verbesserte er sich: «Ich wollte sagen, wo hätte man ihn begraben, wenn ... wenn es mit rechten Dingen zugegangen wäre.»

«Im Friedhof von Thiais», sagte ich. «Es gibt dort die sogenannte Mörderecke ... Fragen Sie nicht weiter; ich kenne den Ort nicht und bin auch nicht scharf darauf, ihn je kennenzulernen.»

«Stehen die Namen der Toten auf den Kreuzen?» fragte der Priester beunruhigt.

«Es gibt da keine Kreuze. Es gibt nur einfache Erdhügel.»

Meinen Worten folgte eine befangene Stille.

«Hier bei uns hat er's besser ...» kicherte der Maler, der ein wenig zuviel getrunken hatte.

«Ist es denn verboten», fuhr der Pfarrer fort, «ihnen eine würdigere Grabstätte zu geben?»

«Nein; nach einer gewissen Zeit dürfen die Angehörigen den Leichnam überführen, wohin sie wollen.»

«Zum Glück stellt sich für Myrtil das Problem nicht.» Nérisse sagte es ... Myrtils Mund sagte es, und jetzt lächelte er.

«Muß er denn immer dabeisein?» flüsterte mir Mousseron zu. «Kann er nicht wenigstens den Mund halten? Diese Stimme geht mir auf die Nerven!»

Marek erhob sich und verabschiedete seine Patienten. Es ging nicht ohne die üblichen krausen Formulierungen ab: er wünschte ihnen gute ‹Verbesserung› und erinnerte sie daran, daß sie Paris und Umgebung vorläufig ohne Bewilligung nicht verlassen dürften. Sie müßten sich noch eine Zeitlang jede Woche untersuchen lassen, sagte er, und sich bei den geringsten Beschwerden zur Beobachtung in die Klinik begeben. Wenn ihnen sonst etwas Ungewöhnliches auffallen sollte, hätten sie unverzüglich mich zu benachrichtigen ... Simone Gallart lächelte mir vieldeutig zu.

Es ging immer lauter zu. Mousseron produzierte sich mit seinem Saxophon; er spielte gar nicht schlecht. Später vertraute er mir an, er wolle wieder ernsthaft musizieren; seit der Operation sei sein Atem unerschöpflich und der Ton sei vor allem eine Sache des Atems. Da könne er sogar ganz gut damit verdienen ...

«Aber Ihr Studium?» warf ich ein.

«Kein Problem. Am Tag das Studium, am Abend das Saxophon.»

«Na, na – übernehmen Sie sich da nicht?»

«Aber nicht mit *der* Puste da drin!» sagte er und klopfte sich auf die Brust. Er füllte sein Glas und leerte es in einem Zug.

Alle waren jetzt sehr aufgekratzt und wie von einer hektischen Euphorie ergriffen. Sogar Jumauge redete viel und laut. Als der Augenblick des Abschiednehmens kam, umarmten sich alle gerührt und versprachen, sich oft anzurufen und einander im Bedarfsfalle beizustehen.

«Ich glaube, wir sind ein bißchen beduselt», strahlte der Abbé. «Es ist zu schön, um wahr zu sein.» Er unterdrückte ein Rülpsen.

Wir fuhren zusammen nach Vanves. Er war sehr gesprächig und setzte mir auseinander, daß nach einer Transplantation das Schicksal eines Menschen einen völlig anderen Lauf nehmen kann, da seine natürlichen Anlagen teilweise verändert werden. Er philosophierte salbungsvoll vor sich hin und döste schließlich ein, den Kopf auf meiner Schulter.

Ich war müde, und ehrlich gesagt hatte ich langsam genug von dem ganzen Verein, von diesen Leuten mit ihren seltsamen Geständnissen und dem wirren Gefasel. Ich beschloß, mir zwei freie Tage zu gönnen. Kein Telefon. Keine Klinik. Ich würde ins Kino und ins Café gehen wie alle anderen Leute.

Draußen im Flur hörte ich das Telefon klingeln. Ich vermutete sofort irgendeine Panne. Ich hatte mich nicht getäuscht. Es war Andreotti.

«Wissen Sie, was passiert ist, Garric? Régine Mancel ist gestern entlassen worden ... Sie wissen schon – Myrtils Geliebte.»

«Entlassen?»

«Ja. Sie hat zwei Jahre wegen Hehlerei gesessen – aber das wissen Sie doch! Steht doch alles in den Akten ... Wie gesagt, sie ist also frei, und jetzt will sie wissen, wo Myrtil begraben liegt. Sie will an seinem Grab beten! Was sagen Sie jetzt?»

«Ja, aber ... Es gibt doch gar kein Grab!»

«Na eben ... Man muß ihr weismachen, daß Myrtil in Thiais beerdigt worden ist. Was wollen Sie – wir haben keine andere Wahl! Wir können ihr schließlich nicht einfach die Wahrheit sagen!»

«Nein ... Also gut. Einverstanden. Aber was soll ich ...»

«Hören Sie, Garric: Sie müssen sie begleiten, ja? Wir können sie nicht allein lassen; sie würde womöglich den Friedhofswärter ausfragen ... Nein; jemand muß ihr das Grab zeigen ... Na ja, irgendein Grab halt, nicht wahr? Sie müssen ihr Vertrauen gewinnen. Sie soll sich das Grab ansehen, sie soll meinetwegen beten, sie soll tun, was sie will, und dann soll sie uns in Ruhe lassen.»

«Hm hm ... Wie ist sie denn?»

«Die Mancel? Hübsch. Groß, blond und ...»

«Nein, ich meine charakterlich.»

«Keine Ahnung. Sie weiß sicher, was sie will; und ich glaube, daß sie Myrtil sehr geliebt hat. Sie streitet ab, von dem ... na, Beruf ihres Freundes gewußt zu haben. Natürlich kein Wort wahr. Alles erstunken und erlogen. Wenn die nicht Bescheid gewußt hat, freß ich den berühmten Besen.»

«Jaaa ... Sie halten es jedenfalls für ausgeschlossen, daß sie einen Skandal heraufbeschwören könnte?»

«Völlig ausgeschlossen. Sorgen Sie nur dafür, daß sie nicht mißtrauisch wird; dann kann nichts schiefgehen.»

«Ehrlich gesagt, Monsieur le Préfet, ich finde meine Mission allmählich verdammt unsympathisch.»

«Ich weiß, Garric, ich weiß ... Aber Sie haben's bald geschafft!»

«Und wann soll ich nach Thiais fahren?»

«Gleich morgen am besten, denke ich ... Die Mancel wird um zehn Uhr vor der Präfektur auf Sie warten. Ich habe Ihnen einen Wagen zur Verfügung gestellt. Mittags sind Sie wieder zurück.»

«Und wenn sie die Leiche anderswo beisetzen lassen will?»

«Gerade das müssen Sie verhindern. Bringen Sie sie davon ab; machen Sie ihr klar, daß dieses Kapitel abgeschlossen ist – ja, und daß wir ... eh, entgegenkommend sein werden, wenn sie vernünftig ist – schließlich läuft da bei ihr ja noch eine Bewährungsfrist, nicht wahr? Na, Sie schaffen das schon, Garric ... Und wie geht's unseren Patienten?»

Ich berichtete ihm kurz. Die Gründung des Vereins fand er sehr amüsant.

«Mir ist gar nicht zum Lachen zumute, Monsieur le Préfet.»

«Na, na, na, mein Lieber ... Schön, ich finde es ja auch nicht gerade zum Lachen, aber Sie nehmen sich alles viel zu sehr zu Herzen – doch, doch, widersprechen Sie nicht ... Aber nach der Komödie morgen früh haben Sie's ja hinter sich. Die Patienten sind außer Gefahr; es kann nichts mehr schiefgehen. Und in sechs Monaten platzen wir mit der Wahrheit heraus. Vielleicht sogar schon früher ... Also, Kopf hoch, mein Lieber! Viel Glück! Und rufen Sie mich morgen an ... Guten Abend.»

Ich war wütend. Mich zu zwingen, einer Nutte vor dem falschen Grab eine Komödie vorzuspielen! Am liebsten hätte ich ihm den ganzen Kram vor die Füße geschmissen.

Doch am nächsten Morgen Punkt zehn fand ich mich vor der Polizeipräfektur ein.

Vielleicht war es naiv, aber ich hatte irgendein kleines Flittchen erwartet – wahrscheinlich, weil in der Akte immer von *der Mancel ... der Angeklagten ... Myrtils Mätresse* ... die Rede war. Auch der Beruf kam hinzu: Fotomodell – was verbirgt sich nicht alles dahinter. Und jetzt, als ich vor Régine Mancel stand, stotterte ich wie ein Schuljunge. Sie war sehr schön in ihrem dunklen, erstklassig geschnittenen Kostüm. In ihrer Trauer lag große Würde, und ihre Haltung ließ mich fühlen, daß ich Schuld an ihrem Schmerz trug oder doch zumindest im Lager ihrer

Feinde stand. Sie war honigblond und hatte ein offenes Gesicht, in dem blauschwarze Augen kampflustig funkelten. Diese Augen fixierten mich schon von weitem und maßen mich voller Verachtung. Meinen Gruß erwiderte sie mit einem knappen Kopfnicken; dann stieg sie in den wartenden Wagen. Die Stupsnase machte ihr Profil ein klein wenig gewöhnlich, doch der strenge Haarknoten im Nacken gab dem Gesicht Ebenmaß und Reinheit. Ich roch ihr Parfum ... Innerhalb von vierundzwanzig Stunden hatte sie ihre frühere Eleganz wiedergefunden.

«Hat René etwas gesagt, bevor er starb?» fragte sie.

Die Gelegenheit war günstig. Ich berichtete ihr, wie sehr sich Myrtil in den letzten Monaten verändert hatte. Er habe oft den Wunsch geäußert, sagte ich, vergessen zu werden; er habe gelassen den Tod erwartet. Bis zuletzt habe er großen Mut, aber zugleich auch eine seltsame Gleichgültigkeit an den Tag gelegt ... Ich kam mir ziemlich jämmerlich vor.

Régine standen Tränen in den Augen, aber sie dachte an ihr Make-up und weinte nicht. «Ich möchte denselben Weg fahren wie der Leichenwagen», sagte sie.

Ich gab dem Fahrer Anweisungen. Sie hatte aus ihrer Handtasche ein kleines Taschentuch hervorgekramt, das sie zerknüllte und von Zeit zu Zeit an die Augen drückte. Als wir an der hohen, grauen Mauer des Santé-Gefängnisses entlangfuhren, murmelte sie:

«Stimmt es, das man sie mit dem Kopf zwischen den Beinen beerdigt?»

«Warum denken Sie an solche Sachen?» versetzte ich. «Er hätte ebensogut im Krieg fallen oder bei einem Autounfall getötet werden können ... Der Körper ist nichts.»

Sie schwieg eine Weile; dann fragte sie: «Sind Sie gläubig?»

«Ich glaube, daß Myrtil für seine Verfehlungen gebüßt hat. Ich glaube an die Gerechtigkeit.»

Sie schien ein wenig verwundert, stellte aber keine weiteren Fragen.

Als wir am Friedhof hielten, ließ sie es zu, daß ich ihr aus dem Wagen half. Sie kam mir nicht mehr ganz so abweisend vor.

Im Büro beschrieb man uns genau und umständlich den Weg, denn der Friedhof ist unendlich groß. Die ‹Mörderecke› befindet sich ganz hinten, sozusagen an der Peripherie – wie Städte, so haben auch Friedhöfe ihre besseren und häßlicheren Viertel. Es gab da nur ein paar von Unkraut überwucherte Erdhügel ohne Kreuz und Grabstein. Hier war die Anonymität des Todes zur Perfektion gediehen. Régine, die meinen Arm genommen hatte, ging immer zögernder.

«Hier ist es», sagte ich und blieb vor dem erstbesten halbwegs frischen Hügel stehen.

Plötzlich tat sie etwas Unerwartetes. Sie riß sich los, rannte zu den ‹bürgerlichen› Gräbern, riß wahllos Blumen und Efeuranken ab und kam zurück, um sie auf die braune Erde des namenlosen Hügels zu streuen. Dann kniete sie nieder und verharrte lange Zeit regungslos.

Ich stand hinter ihr, kam mir überflüssig vor und fühlte mich immer mehr wie der Komplice einer schauerlichen Verschwörung. Sie tat mir aufrichtig leid.

Als ich ihr schließlich auf die Füße half, hatte ich mit einemmal das Gefühl, als sei plötzlich etwas wie Kameradschaft, ja Intimität zwischen uns. Sie stützte sich auf mich, um den Staub abzuklopfen. Jetzt weinte sie hemmungslos und sah dabei aus wie ein hilfloses, verlassenes, kleines Mädchen.

«Ich werde ihn nie mehr sehen», schluchzte sie immer wieder.

Ein Grabstein mit eingemeißeltem Namen schafft eine Distanz, die hier fehlte. Eine Marmorplatte betont die Trennung, gibt ihr aber zugleich Würde. Ein kahler Erdhaufen ist nur brutal. Es schien mir in diesem Augenblick fast nebensächlich, daß es ohnehin nicht Myrtil war, der darunterlag. Der Schmerz dieser Frau an meiner Seite führte mir vor Augen, daß der Tod auf geheimnisvolle Weise eine sehr persönliche Beziehung zu den Lebenden schafft, die wir zerstört hatten. Wir hatten ihr Myrtils Tod geraubt.

«Kommen Sie!» sagte ich leise.

«Kann ich ... Darf ich wieder hierherkommen?»

«Wozu? Hierher kommt nie jemand ... Am besten vergessen Sie diesen Friedhof, glauben Sie mir. Das hier, das zählt nicht.»

Ich sagte irgend etwas, nur um sie abzulenken und der Frage auszuweichen, die ich fürchtete: *Kann ich ihn anderswo beisetzen lassen?* Aber sie stellte die Frage nicht, und mir wurde klar, daß sie sie nie stellen würde, weil sie zu schlicht war und keinen Sinn für Monumente und für das gesellschaftliche Überleben hatte. Sie scherte sich nicht darum. Einzig ihre Liebe zählte und erfüllte sie ganz und gar ... Der Präfekt hat sich getäuscht, dachte ich; auch die sogenannten ‹höheren Instanzen› haben sich getäuscht. Alle haben nur ein wissenschaftliches Experiment gesehen, wo vielleicht jeder von uns auf die Probe gestellt worden war ... Wir gingen zum Wagen zurück.

«Was werden Sie jetzt tun?» fragte ich.

Sie zuckte die Achseln. «Ich weiß nicht.»

«Haben Sie keine Eltern? Verwandte?»

«Ach, die liebe Familie ... Die haben mich schon längst abgeschrieben! Aber ich bin es gewohnt, mich allein durchzuschlagen. Ich werde wieder in meinem Beruf arbeiten. Ich war Fotomodell.»

«Hat Ihnen Myrtil nichts hinterlassen?»

«Nein, gar nichts.» Wieder das Achselzucken. «Er hat geglaubt, es geht ewig so weiter ... Er war größenwahnsinnig ... Er hat gedacht, er ist stärker als die ganze Welt ... Ich habe viel über Diktatoren gelesen. Er war genauso. Und wenn ich ihn bremsen wollte, sagte er nur: ‹Myrtil pfeift darauf!› – er sprach von sich immer als ‹Myrtil›.»

Von Müdigkeit und Schmerz übermannt, vertraute sie sich mir an. Sie fühlte, daß ich sie nicht aus beruflicher Neugier ausfragte, sondern versuchte, sie von ihrem Kummer abzulenken.

«Wie benahm er sich seinen Komplicen gegenüber?»

«Myrtil hatte eigentlich nie Komplicen. Wenn er ein großes Ding nicht allein drehen konnte, heuerte er sich zwei oder drei Leute an und bezahlte sie großzügig, aber meistens arbeitete er allein ... Und er hat immer Glück gehabt.»

Ich mochte ihre Stimme. Sie spiegelte alle ihre Regungen. Oft zitterte sie, dem Weinen nahe; dann wurde sie wieder fest, beinahe rechthaberisch, oder hell begeistert vor Bewunderung ... Ich verstand jetzt, daß Régine einen Mann wie Myrtil fesseln konnte. Ich sah wieder Myrtils Kopf auf den Schultern von Nérisse, während ich Régine betrachtete und mir Myrtil neben ihr vorstellte, wie er seinen Arm um sie legte ... Seinen Arm? Nein, den Arm des Abbé ... Oder vielmehr Gaubreys Arm. Und dann stellte ich mir Jumauge vor ... Krankhafte Bilder drängten sich mir auf.

«Wo soll ich Sie absetzen?» fragte ich schroff.

«Wo Sie wollen. Ich wohne jetzt bei einer Freundin, die Mannequin ist. Gleich neben der place Blanche.»

Ich sagte spontan: «Wenn ich Ihnen in irgendeiner Weise behilflich sein kann ...»

«Was können Sie schon für mich tun?» gab sie zurück. «Oder doch: Sobald ich mich ein wenig besser fühle, möchte ich, daß Sie mir Näheres von seiner Gefangenschaft und seinen letzten Augenblicken erzählen ... wenn es Ihnen nichts ausmacht. Man hat mir gesagt, ich soll mich mit allen Fragen über René an Sie wenden.»

Ich hatte nicht das Herz, ihr die Wahrheit zu sagen und verfluchte im stillen Andreotti. «Gern», antwortete ich. «Rufen Sie mich zu Hause an, dann können wir etwas ausmachen.»

Ich gab ihr meine Telefonnummer.

«Danke ... Ich hätte nicht soviel Freundlichkeit erwartet von einem ... einem ...»

«Von einem Polizeibeamten?» kam ich ihr zu Hilfe.

«Ja.»

Dann hielt der Wagen. Lächelnd reichte sie mir die Hand.

«Viel Glück!» sagte ich.

Sie kreuzte Zeige- und Mittelfinger, um das böse Schicksal zu beschwören, und schlug die Wagentür zu. Ich sah ihr nach, wie sie davonging. Sehr aufrecht.

Ich blickte auf die Uhr. Kurz nach zwölf. Ich befand mich in der Nähe der rue Ravignan, wo Gaubrey wohnte.

«Ich steige hier aus», sagte ich zu dem Fahrer. «Ich habe noch etwas zu besorgen.»

Woher kam dieses plötzliche Bedürfnis, Gaubrey zu besuchen? Ich konnte es mir selbst nicht erklären. Wollte ich mich versichern, daß Régines Liebster nicht doch unter jenem kahlen Hügel lag, daß er noch lebte? Wollte ich Myrtils linken Arm sehen? Bisher war ich nur ein Zuschauer gewesen, ein aufmerksamer Beobachter, aber selbst nicht betroffen. Jetzt fühlte ich, wie mich ein Unbehagen beschlich. Régines wegen?

Gaubrey lag auf einem Eisenbett und rauchte Pfeife. Das Atelier glich einer Rumpelkammer; überall Schmutz und Durcheinander, dazwischen unvollendete Bilder. Farbflecken auf dem Fußboden. In einer Ecke war gebrauchtes Geschirr aufeinandergestapelt.

Ich machte einen Stuhl frei und setzte mich. «Störe ich?» fragte ich.

Gaubrey war betrunken. Die Flasche stand auf dem Tisch, kein Glas daneben.

«Schickt Sie der Professor?» knurrte er. «Will er wissen, was seine Hand macht? Sie können ihm sagen, daß sie nichts taugt ... Scheißhand!» Er starrte wütend auf seine ... auf Myrtils Hand.

«Und ... Ihre Arbeit?»

«Meine Arbeit!» Hysterisches Lachen schüttelte ihn, daß das Bett knarrte. Dann richtete er sich mühsam auf. «Meine Arbeit!» wiederholte er. «Da – sehen Sie ... Dort das kleine Bild neben Ihnen – ja, unter der Staffelei ... Was halten Sie davon?»

Ich sah nichts als rotbraune Farbflecken – wie von verspritztem Blut.

«Das soll die rue des Saules sein!» keuchte er. «Das ist mein neuer Stil, meine rote Periode.» Er wischte sich die Tränen ab und zeigte auf die Flasche: «Wenn Sie einen Schluck wollen ... es ist Bourbon-Whiskey.»

«Sie sollten lieber nicht soviel ...»

«Ach Quatsch! Ich sollte nicht ... Was soll ich denn sonst tun? Können Sie vielleicht mit einem zitternden Arm malen? Schauen Sie doch, zum Kuckuck, schauen Sie ...»

Er schwankte zur Staffelei und nahm einen Pinsel.

«Sehen Sie, wenn ich eine gerade Linie zeichnen will ... Man könnte glauben, ich registriere ein Erdbeben! Wissen Sie was, die haben mir die Pratze eines Maurers angehängt oder so was in der Preislage.»

«Versuchen Sie's noch mal. Lassen Sie die Hand ganz locker», sagte ich. «Ganz unverkrampft.»

«Wenn Sie meinen, das hilft was ...» Er versuchte, einen senkrechten Strich zu ziehen.

Der Pinsel beschrieb eine Kurve und malte drei gleichmäßige Wellenlinien. Gaubrey warf die Zeichnung in hohem Bogen durchs Atelier.

«Ich bin zwar kein Picasso, aber was ich malte, konnte sich sehen lassen. Und jetzt . . .»

«Geht's nicht mit der rechten Hand?»

«Versuchen Sie doch mal, mit der linken Hand zu schreiben!»

«Vielleicht haben Sie zuwenig Geduld. Es braucht Zeit, um eine Hand umzugewöhnen.»

Mit einer brüsken Bewegung krempelte er den Ärmel hoch und zeigte mir den muskulösen, behaarten Arm.

«Seien wir ehrlich, Monsieur Garric. Glauben Sie wirklich, daß diese Pratze zum Malen taugt? Ebensogut könnte man von einem Boxer verlangen, Spitzen zu klöppeln.»

Ich hob die Leinwand auf und sah mir die geschweifte Linie darauf genauer an. «Wissen Sie, was diese Linie darstellt?» fragte ich. «Eine Silhouette: Da ist die Achselrundung . . . hier die Hüftlinien, die Wadenlinie . . . Und auch die Proportionen stimmen.»

«An Phantasie fehlt es Ihnen nicht.»

«Aber vielleicht Ihnen . . . Hören Sie, Gaubrey, Spaß beiseite: Ich erinnere mich an alles, was Sie mir damals in der Klinik erzählt haben. Es gibt einen Maler, den Sie bewundern und in dessen Manier Sie arbeiten möchten, nicht wahr? Ist es nicht Bernard Buffet?»

«Nee. Carzou.»

«Auch gut. Sie sind von der Idee besessen, daß alles eckig, zackig und spitz sein muß . . . Darin liegt der Irrtum. Warum zeichnen Sie nicht lieber runde, weibliche Figuren? Üben Sie sich im Aktzeichnen, und dann können Sie auf eine Art – na, Antikubismus übergehen.»

«Wenn ich Sie richtig verstehe, ist meine Hand besonders geeignet, um Mädchen zu befingern?» Gaubrey grinste.

Ein zweites Mal war mir der Gedanke peinlich, daß Gaubreys Hand Régine liebkost hatte. Hatte sie unbewußt ihre Hüften nachgebildet? Lächerlich! Ich wußte genau, daß meine Theorie Humbug war. Gaubrey war und blieb ein Stümper. Man mußte ihn jedoch aus seiner Depression herausreißen und ihm Hoffnung machen, ganz gleich wie.

«Ich kenne einige Galeriebesitzer», sagte ich. «Wenn Sie fleißig arbeiten und Ihren persönlichen Stil finden, werde ich Sie vorstellen. Aber Sie müssen dieser Hand vertrauen und dürfen sie nicht mehr verachten.»

Gaubrey hörte mir verstockt zu. «Okay, Boss. Zu Befehl, Boss», versetzte er und machte so etwas wie einen Kratzfuß, wobei er fast das Gleichgewicht verlor.

Ich hätte ihn am liebsten geohrfeigt. Ich packte ihn am Jackenaufschlag.

«Hören Sie zu, Gaubrey. Alle andern sind mit der Transplantation zufrieden. Sie sind der einzige, der ständig meckert . . . Reißen Sie sich zusammen! Verstehen Sie denn nicht, daß Sie in sechs Monaten ganz von selbst berühmt werden, sobald die Sache bekannt wird? Dann müssen Sie doch Bilder bereit haben! An Ihrer Stelle würde ich Tag und Nacht arbeiten.»

Ich ließ ihn los und leerte den Schnaps in den Ausguß. Er protestierte nicht. Beim Fortgehen hatte ich den Eindruck, daß ich ihn ermuntert hatte.

Das Wetter war schön, und ich fuhr für drei Tage nach Saint-Servan, um mich auszuruhen. Ich hatte mir dort für das ganze Jahr ein kleines Haus am Ufer der Rance gemietet. Ich machte mir Notizen und dachte viel nach, während ich der Flußmündung entlang spazierenging. Ich will hier nicht auf meine Meditationen eingehen, um diesen Bericht nicht unnötig zu verlängern. Dennoch muß ich eine wichtige Beobachtung festhalten: Es war offensichtlich, daß die verschiedenen Körperteile Myrtils immer noch eine Art Autonomie bewahrt hatten und aufeinander eine Wechselwirkung ausübten. Mit andern Worten, der tote und aufgeteilte Myrtil glich sozusagen einem Sonnensystem mit eigener Gravitation: Kaum entlassen, war Régine wieder in Myrtils Bannkreis geraten; jetzt kreiste sie um mich, während ich um die sieben andern kreiste, und wir alle befanden uns gewissermaßen im Anziehungsfeld von Myrtil . . . Selbst jetzt, wo ich es im nachhinein zu formulieren versuche, klingt es unklar; meine Gedanken waren tatsächlich noch viel verworrener.

Kaum war ich nach Paris zurückgekehrt, fand ich meine These bestätigt. Abbé Leviret rief mich noch am selben Abend an. Er hatte mich mehrere Male vergeblich zu erreichen versucht. Es handelte sich um Jumauge. Der Priester war ziemlich aufgeregt, und ich bat ihn, sofort zu mir zu kommen.

Ich sah, daß seine Hand immer noch in einem schwarzen Handschuh steckte. «Macht sie Ihnen noch zu schaffen?» fragte ich.

«Nein, eigentlich nicht . . . Außer am Sonntag während der Kollekte; zwei- oder dreimal wollte sie . . . eh, zugreifen. Kaum der Rede wert . . . Dagegen scheint mir Jumauge nicht ganz in Ordnung.»

«Was ist los mit ihm?»

«Können Sie sich's nicht denken? Wohlverstanden, ich verrate kein Geheimnis. Er hat mir nicht gebeichtet. Er kam einfach, um von Mann zu Mann mit mir zu sprechen, und . . . Er tut mir leid. Er ist wie von einem Wahn besessen. Myrtil hatte wahrscheinlich sehr starke Bedürfnisse und war es gewohnt, sie sofort zu befriedigen. Hatte er nicht eine . . . eine Freundin?»

«Ja. Rég . . . eh, die Mancel.»

Der Abbé schaute mich prüfend an. Ich bot ihm eine Zigarre an, um meine Verlegenheit zu verbergen. Seine Anspielungen auf die Beziehung zwischen Myrtil und Régine hatten mir die Laune verdorben.

«Na, und was hat er Ihnen erzählt?»

«Zuerst einmal hat er sich mit dieser Person verzankt, Sie wissen doch, diese Klavierlehrerin . . .»

«Ja, ich weiß. Nadine Sowieso . . . Mestreau, ja. Warum hat er sich mit ihr verzankt?»

«Es wäre mir lieb, Monsieur Garric, wenn Sie zwischen den Zeilen lesen würden.»

«Donnerwetter noch mal, wir sind hier doch nicht in der Sonntagsschule. Reden Sie!»

Der Arme tat mir leid. Ich holte eine Flasche Cognac und zwei Gläser. Wir stießen an.

«Ich will es Ihnen leichter machen», sagte ich. «Hat er sie sehr strapaziert?»

«Ja. Aber das ist nicht alles.»

«Was? Sie wollen mir doch nicht sagen, daß Myrtil pervers war?»

«Nein. Und Jumauge auch nicht. Aber was Jumauge nicht ertragen kann, ist der Gegensatz zu früher. Sie haben ihn ja bei Tisch gesehen. Er ißt für drei. Er wird nie satt; übrigens hat er gar keine Magenbeschwerden mehr. Aber anstatt Befriedigung zu finden, macht er sich Vorwürfe. Er kommt sich tierisch vor. Stellen Sie sich jetzt vor, was er empfinden muß, wenn er . . .»

«Ach so, ja . . . Jetzt fange ich an zu begreifen.»

«Stellen Sie sich einen armen Schlucker vor, der plötzlich reich wird. Sein Reichtum macht ihm Angst. Er kann sich nicht daran gewöhnen. Es ist ihm fremd . . . Jumauge geht es ähnlich. Er kann sich mit seinen neuen . . . Fähigkeiten nicht abfinden. Er hält sich für ein Ungeheuer.»

«Na, na . . . Übertreiben Sie nicht ein bißchen?»

Der Abbé begann in seinen Taschen zu wühlen und hielt mir ein dikkes Heft hin, das von einem Gummiband zusammengehalten wurde.

«Urteilen Sie selbst», sagte er. «Da ist sein Tagebuch. Nachdem er mich nicht um vertrauliche Behandlung gebeten hat und sein Fall Sie mehr angeht als mich . . . Lesen Sie es.»

Ich begleitete den Abbé hinaus. Er schien erleichtert.

«Haben Sie die andern nicht gesehen?» fragte ich.

«Nein. Ich weiß nur, daß es Nérisse nicht besonders gut geht. Er soll unter schrecklichen Migräneanfällen leiden.»

Nachdem Leviret gegangen war, machte ich es mir im Lehnstuhl bequem, um Jumauges Tagebuch zu lesen. Das heißt, es war kein richtiges Tagebuch – es war eine große Agenda, in die Jumauge alles eintrug: seine Verabredungen, die täglichen Ausgaben, seine Gedanken und von Zeit zu Zeit ein Gedicht, das er besonders wertvoll fand. Jeden Samstag traf er seine Freundin, und sie verbrachten anscheinend auch den Sonntag miteinander, denn ich las zum Beispiel auf einer Seite vom Sonntag:

Bec Fin, zwei Mittagessen: 2400 Francs. Kalbsleber zu sehr durchgebraten. Künftig keinen Sancerre mehr bestellen. – Le Nivernais, zwei Mittagessen: 2750 Francs. – Die Austern waren nicht frisch. – Diskussion über Pelléas und Melisande. Nadine versteht nichts von Maeterlinck. Übrigens, von Debussy versteht sie auch nichts. – Hôtel des Chanoines in Chartres. Es regnet den ganzen Tag. Eiskalte Füße in der Kathedrale. Diese Betenden machen einen ganz nervös. – Les États multiples de l'Être von Guénon wieder lesen. – Das Brot von den Hügeln (Gedichte):

Damals gab es zwischen dir und mir
einen Platz an der Sonne ...

Aspirin, Alka Seltzer, Bismuth: 1925 Francs. Plus Taxi und Zug. Ich lebe über meine Verhältnisse.

Ich blätterte hastig weiter, um zu den Seiten zu kommen, die Jumauge nach der Operation geschrieben hatte. Es waren nicht viele. Die Eintragungen stimmten nicht mehr mit den Daten überein.

Vorherrschendes Gefühl: Ich habe keine Zeit mehr zu denken, zu überlegen. Sie haben aus mir einen Hund gemacht. Ich rieche die Erde unter meinem Fenster; ich rieche die Gerüche aus der Küche – es gibt sicher Merlan zum Mittagessen. Ich rieche den Tabak, den Éramble raucht, drei Zimmer weiter.

Früher achtete ich nicht auf Einzelheiten. Jetzt lebe ich außerhalb meines eigenen Ichs. Es sind nicht nur die Gerüche, sondern auch die Geräusche.

Auch die Erinnerungen sind deutlich wie Fotografien. Ich erinnere mich ganz genau an eine Seezunge, die ich vor zwei Jahren in Dieppe gegessen habe; an den Ausschnitt der Kellnerin, das Wiegen ihrer Hüften – erst heute finde ich ihre Hüften anziehend ... Sie bewegen sich. Das Zimmer bewegt sich. Das Bett bewegt sich ... Zitternd und erschöpft schrecke ich auf, und schon befallen mich andere Bilder. Ich habe Hunger. Ich habe Durst. Ich habe Lust, auszureißen, über eine Wiese zu wandern, Blätter zu kauen, zu beißen, zu schreien ...

Ich bin lebendig. Darin liegt etwas Unheimliches, das ich nicht erfassen kann. Es ist unergründbar und erschreckend. Bisher war ich ruhig und zufrieden. Die Tage vergingen ohne besondere Aufregungen. Werde ich wieder arbeiten können wie ehedem? Ich kann mich nicht mehr konzentrieren. Ich fühle mich zersplittert.

Ich betrachte die Wolken, und meine ganze Jugend zieht an mir vorüber. Ich sehe mich wieder als sechsjährigen Jungen in der Mühle von Aubier: Ich grabe Rüben aus und esse sie roh, ich klettere auf die Apfelbäume und trinke den Wind ... Ich sehe mich, wie ich Elise, der Magd, nachspioniere, wenn sie sich abends auszieht ...

Ich hatte geglaubt, es wäre längst Schluß mit all diesen Dummheiten, und jetzt bin ich nicht mehr Herr über mich selber. Ich zähle die Reisen, die ich nicht gemacht, die Frauen, die ich nicht besessen habe. Ich zähle die verpaßten Gelegenheiten. Etwas in mir möchte mich davon überzeugen, daß ich unglücklich bin, daß ich irgendwann die falsche Richtung eingeschlagen habe. Aber ich lasse mich nicht täuschen. Ich weiß genau, daß die Wunschträume, die in mir gären, nicht mir allein gehören. Sie wollen mich zu ihrem Komplicen machen und versuchen, mich vor mir selber zu erniedrigen. Aber es wird ihnen nicht gelingen. Sie sind niederträchtig – ich sage es, ich schreibe es, ich weiß es. Ich will kein Hund sein.

Schon der Anblick einer belebten Straße wird unerträglich. Überall Frauen. Selbst in den frühen Morgenstunden, die ich am liebsten habe, fühle ich ihre Ausstrahlung. Ich mache lange Spaziergänge. Da ich jetzt unmäßig esse, muß ich mich bis zur Erschöpfung ermüden, sonst ...

Mehrere Blätter waren ausgerissen; danach folgten nur noch unklare, halbfertige Sätze.

Unmöglich, Nadine zu erklären ... Genuß. Scham. Herrliche Augenblicke. Nachher ist es unerträglich.

Oder habe ich mich bisher vielleicht getäuscht?

Mit Nadine gebrochen. Ich mache ihr Angst.

Sie heißt Clotilde. Ein Straßenmädchen. Was ist schon dabei? Eine Welt tut sich mir auf ... Wer hier eintritt, muß jedes Gefühl ablegen.

Gefühl: Das ist es vielleicht, was übrigbleibt, wenn man impotent ist. Dann würde ich mich wie ein Schwein im Gefühl wälzen.

Clara. Ein tolles Weibsstück. Sie sagt, ich lerne rasch.

Aber das Geld?

Und das mit meiner langweiligen Visage. Sie finden das komisch. Anscheinend sieht man mir nicht an, daß ich ...

Es ist stark und bleibt sich immer gleich. Es ist wie der Ton einer Trompete, nur ohne Ende. Ich würde gern wieder einmal richtige Musik

Hier brach das Tagebuch ab. Erschüttert ging ich schlafen. Es war ziemlich offensichtlich, was mit Jumauge los war. Er war von seinen neuen Trieben überlistet worden. Ein anderer hätte sich befreit gefühlt, aber ihn brachte es fast zur Raserei. Schon mit Gaubrey war etwas schiefgegangen; wenn jetzt auch noch Jumauge Komplexe bekam ... Die Nachwirkungen des Experiments wurden immer unerfreulicher. Ich beschloß, am nächsten Tag den jungen Mousseron zu besuchen.

Er war nicht zu Hause. Die Hausmeisterin sagte, er sei bei Freunden an der rue d'Assas zu erreichen. Tatsächlich fand ich ihn dort. Er übte in einer Garage mit drei jungen Burschen, einem Schlagzeuger, einem Gitarristen und einem Bassisten. Sie hatten einen Mercedes auf die Seite geschoben und tobten sich aus. Ich bekam mühsam heraus, daß Garage und Haus der Mutter des Gitarristen gehörten. Die vier beabsichtigen, mit einem weiteren Kollegen, der Trompete spielte, ein kleines Orchester zu gründen; einen passenden Namen suchten sie noch.

Mousseron war Feuer und Flamme. «Hören Sie sich das an, Chef!» Er hob das Instrument und begann wie im Rausch eine wilde Improvisation; begeistert fielen die anderen ein. Das Saxophon jubelte, schluchzte, schrie gequält auf und versank in Träumerei ... Als Mousseron schließlich innehielt, klatschte ich spontan Beifall.

«Ich muß schon sagen, Sie können was», sagte ich.

«Nicht wahr?» meinte der Gitarrist. «Seit dem Unfall ist er nicht mehr derselbe!»

Am Abend ging ich mit Mousseron essen.

«Sagen Sie mir ehrlich, bedauern Sie die Transplantation?» fragte ich ihn.

«Ich? Ich war noch nie so gut im Schuß, Chef. Warum?»

«Weil die andern nicht sehr gut beieinander sind.»

Ich erzählte ihm von Jumauge und Gaubrey, die mir Sorgen machten, von Nérisses dauerndem Kopfweh und von Érambles konfusen Zwangsvorstellungen.

«Ich glaube, Sie übertreiben», meinte er. «Jumauge und Gaubrey waren schon vorher arme Teufel und sind es geblieben. Ich sehe nicht, was daran abnormal sein soll.»

«Und auch Sie ... Ihr Kollege hat es vorher selbst zugegeben – Sie sind nicht mehr derselbe. Was hat sich bei Ihnen verändert?»

«Nichts, Chef, gar nichts. Früher spielte ich auch schon leidenschaftlich gern Saxophon, aber ich hatte eine schwache Puste. Jetzt hab ich die Puste – das ist alles.»

«Das meine ich nicht. Hätten Sie sich beispielsweise früher auch so ins Zeug gelegt? Hätten Sie sich getraut, ein Orchester auf die Füße zu stellen und so weiter?»

«Nein ... Das nicht. Ich hatte nicht das Zeug dazu. Aber jetzt geht's ganz von selbst.»

«Sind Sie glücklicher?»

«Und ob! Ich beginne erst jetzt zu leben.»

«Und Ihr Studium?»

«An den Nagel gehängt! Ein für allemal Schluß damit. Wir gehen aufs Ganze! Wir wollen das Rennen machen ... Passen Sie mal auf, was wir in sechs Monaten verdienen!»

«Noch eine Frage. Denken Sie manchmal noch an ... Myrtil?»

«An wen? Ach so ... Nein. Keine Zeit ... Unter uns gesagt, die ganze Vereinsmeierei mit den Zusammenkünften und so, das ist doch kalter Kaffee. Ich will ja gern mitmachen, aber wozu das Theater? Man hat mir Myrtils Gebläse eingebaut. Es gehört jetzt mir, und damit basta. Hat Myrtil etwa auch Saxophon gespielt? Na also. Laßt mich doch endlich in Ruhe mit eurem Myrtil!»

Mousserons Philosophie gefiel mir. Der hatte es jedenfalls heil überstanden. Der Priester auch ... Wenigstens zwei. Ich wurde zuversichtlicher. Mousseron hatte recht: jeder blieb, was er vorher gewesen war. Die Operation hatte keinen von Grund auf verändert. Sie hatte höchstens das Bewußtsein eines jeden verschärft.

Aber Jumauge mußte man zu Hilfe kommen. Ich rief den Abbé an. Auch er hatte mich gerade anrufen wollen. Jumauge war zu ihm gekommen, um zu beichten; Leviret war ganz erschüttert.

«Er wird sich umbringen! Wenn wir nicht sofort etwas unternehmen, bringt er sich um», behauptete er.

«Hat er Ihnen das gesagt?»

«Nein. Aber ich weiß, daß er am Ende ist. Ich darf Ihnen nichts wiederholen, aber ich bin außer mir.»

«Heute abend ist es zu spät ... Paßt es Ihnen morgen früh um neun Uhr?»

«Wann Sie wollen. Je früher, desto besser, glauben Sie mir.»

«Gut. Ich werde Sie um acht abholen.»

Am nächsten Morgen um acht Uhr stieg der Abbé zu mir in den Wagen, und wir fuhren in Richtung Versailles.

«Ist es so ernst?» fragte ich.

«Sie haben sein Tagebuch gelesen. Sie wissen, unter welchem Komplex er leidet. Inzwischen hat sich alles verschlimmert ... Es ist entsetzlich. Er hat sich nicht mehr in der Hand.»

«Na, na, na ... Schauen Sie, Jumauge hatte resigniert, ja? Er hatte ein paar beruhigende kleine Wahrheiten herausgefunden und sich darin wie in einer Muschel eingeschlossen ... Nun steht er plötzlich nackt da und hat Angst. Er hat entsetzliche Angst.»

«Nein», beharrte der Abbé, «ich bin nicht einverstanden. Jumauge empfindet auf einmal ... wie soll ich sagen ... gewisse Eindrücke und Gefühle, die ihm bisher fremd waren und die ihm krankhaft erscheinen, weil sie sehr heftig sind – verstehen Sie? Stellen Sie sich einen Menschen vor, der den Geschmacks- und Geruchssinn verloren hat. Er wird wieder geheilt, und jetzt hält er einen Teller Zwiebelsuppe für reines Rauschgift . . . So ungefähr ist es mit Jumauge.»

«Mir scheint der Fall etwas komplizierter. Jumauge will offenbar sich und vielleicht auch andere bestrafen für das, was er empfindet.»

Ich schwieg, weil der Verkehr mich wieder in Anspruch nahm; aber ohne es logisch begründen zu können, sah ich das Problem ziemlich klar vor mir: Einerseits die uneingestandenen Wünsche, andererseits plötzlich die Möglichkeit, sie zu befriedigen . . .

Jumauge bewohnte ein häßliches Haus mit einem winzigen Gärtchen davor im Saint-Louis-Viertel. Auf dem Gartentor verkündete eine Tafel: ERASMUS-INSTITUT. Das Zuschlagen der Wagentüren mußte Jumauge aufgeschreckt haben, denn er erschien am Fenster des ersten Stockes und schaute hinaus.

«Ich komme!» rief er. «Warten Sie.»

Der Priester stieß das Gartentor auf, und wir gingen die paar Stufen zur Haustür hinauf.

«Wie kann man da leben?» flüsterte ich dem Pfarrer zu. «Stellen Sie sich das vor: Tag für Tag von morgens bis abends die Prozession von schlechten Schülern . . . Davon muß einer ja schwermütig werden!»

Der Pfarrer hob die Hand mit dem schwarzen Handschuh in einer Geste der Machtlosigkeit. «Es gibt Schlimmeres!» murmelte er.

Wir warteten. Nichts. Kein Ton aus dem Haus. Kein Türenschlagen, kein Schritt auf der Treppe.

«Er braucht aber lang . . .» Der Abbé pochte mit der Faust an die Tür.

Es fiel mir auf, wie hart und klobig diese Faust war. Unwillkürlich hatte der Pfarrer wie ein Polizist geklopft.

«Jumauge!» rief er. «Hören Sie mich?»

Stille.

«He! Jum . . .»

Eine dumpfe Explosion schnitt ihm das Wort ab.

«Durchs Fenster!» rief ich. «Schlagen Sie die Scheibe ein!»

Er schlug zu. Es war der Fausthieb eines Professionellen, kräftig und beherrscht zugleich; die Scherben klirrten, und der Handschuh bekam keine einzige Schramme ab. Wir stiegen in ein altmodisches Eßzimmer voller Zimmerpflanzen. Ich ging voraus, überquerte einen Korridor und gelangte in einen Raum, der in ein Schulzimmer verwandelt worden war: Tische, Stühle, ein Pult, eine Wandtafel . . .

Jumauge lag mit blutverschmiertem Gesicht hinter dem Pult, neben ihm ein kleiner, billiger Revolver, der ebenso antiquiert aussah wie die Einrichtung.

«Ist er tot?» keuchte der Abbé.

Ich fühlte nach dem Puls. «Nein ... Bleiben Sie bei ihm. Ich kümmere mich um das Nötige.»

Ich rannte zum Wagen, verlor kostbare Zeit, weil ich mich in Versailles nicht auskenne, und fand schließlich ein Café. Ich rief Marek an. Er war bestürzt über die Nachricht. Ich merkte, daß er weniger an Jumauge als an sein Experiment dachte.

«Welches Kaliber?» erkundigte er sich.

«6.35, glaube ich.»

«Vielleicht kann man ihn retten. Diese Geschosse sind nicht unbedingt lebensgefährlich. Es hängt davon ab ... Lassen Sie ihn liegen. Ich komme sofort.»

Inzwischen meldete ich die Sache auf dem Polizeikommissariat und rief einen Arzt an. Dann raste ich zurück. Der Abbé kniete neben Jumauge und betete.

«Unverändert?»

Leviret nickte stumm.

Die Wunde an der Schläfe blutete nicht mehr. Jumauge atmete schwach. Warum, zum Teufel, hat er sich erschossen, als er uns sah? Ich ging durch das Haus und entdeckte in seinem Zimmer ein Heft, das auf dem Schreibtisch lag. Es war die Fortsetzung des Tagebuches. Ich konnte nur die erste Zeile überfliegen.

Sie heißt Gertrud. Sie ist die Tochter der Bäckerin und

Ich stopfte das Heft in die Manteltasche. Draußen hielt ein Auto; der Kommissar und der Arzt stiegen aus. Ich ging zur Tür, um sie einzulassen; ich wies mich aus und erklärte in groben Zügen, worum es hier ging. Der Kommissar begriff, daß er gut daran tun würde, sich entgegenkommend zu zeigen und versprach, die Sache nicht an die große Glocke zu hängen. Der Arzt hatte kaum eine erste oberflächliche Untersuchung abgeschlossen, da kam auch schon Marek mit zwei Krankenwärtern vorgefahren. Jumauge wurde auf eine Bahre gebettet und fortgebracht. Ich überließ es dem Kommissar, das Haus abzuschließen, und raste mit dem Abbé nach Ville-d'Avray.

«Hat er sich wegen der Transplantation umgebracht?» fragte ich.

Der Abbé nickte düster. «Ich vermute es.»

«Wenn man die Transplantation nicht durchgeführt hätte, wäre er noch früher gestorben.»

«Moment mal», sagte der Abbé. «Bei einem Unfall sterben oder Selbstmord begehen, das ist nicht dasselbe! Nicht für einen Christen ... Ihr alle seid verantwortlich! Ich fürchte, Monsieur Garric, daß ich meinen Oberen die Wahrheit nicht mehr länger verheimlichen kann.»

«Ich bitte Sie!» rief ich erschrocken. «Sie sehen doch, in welchen Schwierigkeiten ich stecke, und da wollen Sie mir noch mehr aufladen! Es ist ja noch gar nicht gesagt, daß Jumauge sterben wird.»

Wir erwarteten den Professor in seinem Arbeitszimmer. Ich faßte bereits im Geist den Brief ab, den ich dem Polizeipräfekten schicken würde, denn ich mußte unbedingt neue Weisungen verlangen. Wenn Jumauge überlebte, brauchte er nur zu reden, oder sein Tagebuch ... Nein, das hatte ja ich einstweilen. Ich betastete das Heft in meiner Manteltasche. Hier lag vielleicht des Rätsels Lösung, aber jetzt hatte ich keine Zeit zum Lesen. Wenn er starb, und man beweisen konnte, daß der Selbstmord eine Folge der Operation war ... Wenn also das Experiment ein Mißerfolg gewesen war ... Welcher Schlag für die andern! Welcher Schock für Gaubrey, der vielleicht noch verzweifelter war als Jumauge ...

Marek machte uns wenig Hoffnung. Er hatte das Geschoß herausoperiert, aber der Zustand des Verwundeten war ernst. Der Professor versprach, mich jede Stunde zu benachrichtigen. Niedergeschmettert verließ ich die Klinik. Der Abbé war ebenso erschlagen wie ich. Ich setzte ihn in Vanves ab und fuhr nach Hause zum Mittagessen.

«Im Wohnzimmer wartet jemand auf Sie», sagte das Dienstmädchen.

«Wer?»

«Ich weiß nicht. Eine junge Dame ... Sie ist seit einer Stunde da.»

Besuch. Das hatte gerade noch gefehlt. Wütend riß ich die Wohnzimmertür auf und erstarrte.

«Was – Sie sind es?»

«Ja», sagte Régine und brach in Tränen aus.

Ich trat zu ihr. Sie rückte von mir weg, als fürchtete sie sich vor mir.

«Wo ist René?» schrie sie mich an.

René ...? Es dauerte einen Augenblick, bis ich begriff, daß sie Myrtil meinte.

«Aber hören Sie mal ... Das wissen Sie doch ganz genau!»

«Sie lügen! Alle miteinander lügt ihr mich an ...»

«Was fällt Ihnen ein ... Na, nun setzen Sie sich erst einmal. Immer mit der Ruhe ... So, und jetzt erzählen Sie mir, was passiert ist.»

Es war sehr einfach. Es war im Grunde vorauszusehen gewesen. Régine hatte in einer Bar an der place Blanche Gaubrey kennengelernt. Gaubrey war leicht betrunken, und Max, der Barmann, hatte Régine einen Gefallen tun wollen. ‹Vielleicht kannst du ein bißchen Geld aus ihm herausholen›, hatte er ihr zugeflüstert. ‹Ich glaube, er sucht ein Modell.› Gaubrey hatte Régine gebeten, ihn nach Hause zu begleiten, und weil er kaum mehr geradestehen konnte, hatte sie ihn heimgebracht. In seinem Atelier hatte er weitergetrunken, und sie mußte ihn schließlich ins Bett stecken. Beim Ausziehen hatte sie dann die Narbe auf seinem linken Arm gesehen – die frische Operationswunde an der Schulter.

«Ich habe Renés Arm sofort erkannt», schluchzte sie. «Aber wenn man ihm den Arm abgenommen hat, dann ... Ich meine, dann muß er doch noch leben ... Mir ist es ganz gleich, wenn er einen Arm weniger hat. Sagen Sie mir nur, wo er ist ...» Sie ließ sich auf das Sofa sinken, stützte den Kopf in die Hände und weinte hemmungslos.

Nachgerade war ich Spezialist in Gewissenskonflikten. Was sollte ich tun? Wenn bereits sieben Menschen die Wahrheit kannten, kam es da auf den achten noch an?

Ich legte die Hand auf Régines Schulter. «Können Sie ein Geheimnis für sich behalten?»

Dieses Wort wirkt bei Frauen immer Wunder. Régine setzte sich auf und nahm mein Taschentuch, um sich die Augen zu trocknen.

«Er ist also nicht ...» stammelte sie. «Er lebt noch?»

«Nein. Oder ... Ja, in gewissem Sinn lebt er noch.»

«Was soll das heißen? Entweder ist er tot, oder ...»

«Das ist es ja gerade ... Vielleicht kann man das in Zukunft nicht mehr so eindeutig ... Régine, schwören Sie, daß Sie keinem Menschen wiederholen werden, was ich Ihnen jetzt sage?»

Sie hob feierlich die Hand – wie bei einer Gerichtsszene im Kino, schoß es mir durch den Kopf. «Ich schwöre es.»

Ich erzählte ihr die Ereignisse der letzten Wochen. Sie war so verdutzt, daß sie mich kein einziges Mal unterbrach. Von Zeit zu Zeit fuhr sie sich verwirrt mit der Hand über die Stirn. Um sie vollends zu überzeugen, schlug ich die Akte auf und zeigte ihr die Erklärung, in der Myrtil ausdrücklich seinen Körper der Wissenschaft vermachte.

«Aber ... liebte er mich denn nicht mehr?» murmelte sie.

«Sie müssen verstehen, daß es für ihn keine Hoffnung mehr gab.»

«Und er hat mir nichts hinterlassen? Keinen Brief?»

«Nein. Er wollte nichts mehr von seiner Vergangenheit wissen. Er wollte sich von allem loslösen; er wollte ... Er muß sich zuletzt sehr verändert haben.»

«Das ist ja lachhaft! René und ... Nein! Man merkt, daß Sie ihn nicht kannten. Ausgerechnet er! Er war das Leben selbst. Alles, was er sah, wollte er besitzen – Geld, Frauen, Macht. Er hatte sicher nur einen einzigen Gedanken: Um jeden Preis ausbrechen ... Wie soll ich Ihnen das glauben?»

«Sie müssen nicht mir glauben, sondern Ihren eigenen Augen ... Sie haben selbst Myrtils linken Arm gesehen. Sie haben nicht geträumt.»

«Und die andern? Kann ich sie sehen?»

«Wie bitte?»

«Ja ... Alle Leute, die jetzt Renés Glieder tragen ... Ich will sie sehen, sonst werde ich es nie glauben.»

«Muß das sein?»

«Sie haben anscheinend nie geliebt. So lange noch etwas von René sichtbar ist, habe ich das Recht, diese Leute zu sehen.»

«Hören Sie zu, Régine. Ich glaube, Sie haben das Problem nicht ganz begriffen: Ja, Myrtil ist noch sichtbar, wie Sie sagen. Aber er existiert nicht mehr. Er ist nicht mehr Myrtil.»

Ich wußte nicht recht, wie ich ihr erklären sollte, daß der Körper, den sie geliebt und liebkost hatte, in einem gewissen Sinn noch existierte, aber daß das, was ihn zu Myrtil gemacht hatte, für immer ausgelöscht war. Es war nicht der richtige Moment, um ihr gewisse metaphysische Grundbegriffe beizubringen. Sie hätte mich zum Teufel geschickt, und das nicht zu Unrecht.

«Alle diese Leute sind sein Grab!» rief sie. «Ich habe das Recht, an seinem Grab zu beten.»

Ich muß gestehen, daß mich dieser Aufschrei verblüffte. Sie hatte auf ihre naive Weise die Situation viel besser erfaßt als ich. Ich ließ mich erweichen.

«Also gut, ich werde sehen ... Ich will versuchen, ein Treffen zu organisieren. Aber ich warne Sie – es wird peinlich sein. Vor allem für Sie, aber auch für die andern. Ich werde nämlich erzählen müssen, was Sie für Myrtil waren.»

«Ich schäme mich nicht.»

«Nein, gewiß nicht. Aber Sie werden nicht verhindern können, daß der eine oder andere unwillkürlich an Ihre Beziehung zu Myrtil denken wird ... Ihr Körper ...» Ich begann mich zu verheddern. Ich errötete. Ich brachte es nicht fertig, mich objektiv, unbeteiligt und wissenschaftlich auszudrücken.

Régine tat nichts, um mir zu helfen. «Ich möchte wissen, was jeder einzelne ... eh, bekommen hat», sagte sie.

«Der rechte Arm gehört jetzt einem Priester.»

Sie lachte laut auf.

«Was gibt's da zu lachen?» fragte ich.

«Es ist wegen der Tätowierung ... Lulu ... René war darauf sehr stolz. Ein Andenken aus Algerien.»

«Ich hoffe, Sie werden den Abbé nicht in Verlegenheit bringen.»

Sie zuckte die Achseln. «Weiter», befahl sie.

«Das linke Bein hat eine Frau bekommen. Sie heißt Simone Gallart.»

«Nein ... Ist das wirklich wahr? Entsetzlich!» Sie begann wieder zu weinen.

«Das rechte Bein gehört einem Möbelhändler, einem gewissen Étienne Éramble. Und der Kopf ... wir hatten keine Wahl: Der Kopf gehört einem Bankangestellten.»

«Ich werde verrückt», murmelte Régine. «Ein Bankangestellter! René hätte das niemals zugelassen.»

«Das Herz und die Lungen haben einem Studenten namens Roger Mousseron das Leben gerettet. Der Rest ...» Ich sagte absichtlich der Rest, «wurde auf einen gewissen Francis Jumauge übertragen, der heute früh einen Selbstmordversuch unternommen hat.»

«Mein Gott ... Warum?»

«Wir wissen es nicht.»

«Ist er tot?»

«Nein. Man versucht ihn zu retten. Wenn Sie wollen, kann ich mich nach ihm erkundigen.»

«O ja! Bitte tun Sie's gleich!»

Ich rief die Klinik an und verlangte Marek, während sich Régine auf den zweiten Hörer stürzte. Ein Assistent des Professors antwortete.

«Ja, er lebt noch», sagte er. «Aber es ist hoffnungslos. Wir haben alles versucht. Es ist nur noch eine Frage von Minuten ... Wir verlassen uns auf Sie wegen der Formalitäten.»

Wütend hängte ich ein.

«Ich gehe zur Beerdigung», sagte Régine. «Ich werde ihn auf dem Friedhof von Pantin beisetzen lassen, wie es sich gehört.»

«Moment mal! Wie kommen Sie dazu?»

Wir schauten uns an und seufzten beide auf.

«Entschuldigen Sie bitte», sagte ich.

«Im Gegenteil, ich muß mich entschuldigen», murmelte sie. «Ich bin schon ganz durchgedreht ... Ich muß in Ruhe nachdenken.» Sie erhob sich.

Ich begleitete sie hinaus. «Ich werde Sie auf dem laufenden halten, Régine. Ich verspreche es Ihnen. Es tut mir aufrichtig leid.»

Sie reichte mir die Hand. «Danke ... Sie waren sehr gut zu mir ... Ich werde es nicht vergessen.»

«Soll ich ein Taxi rufen?» fragte ich.

«Nein. Die frische Luft wird mir guttun.»

Kaum war sie gegangen, stürzte ich ans Telefon, um Andreotti zu benachrichtigen. Ich legte die Karten offen auf den Tisch.

«Ich gebe auf», sagte ich. «Ich möchte demissionieren. So kann das nicht weitergehen.»

Ich schilderte ihm, was seit unserer letzten Unterredung alles passiert war.

«Versetzen Sie sich in meine Lage», fuhr ich fort. «Diese Frau kannte bereits einen Teil der Wahrheit. Da mußte ich sie doch aufklären ... Wer weiß, ob uns nicht schon morgen wieder jemand auf die Schliche kommt. Unter diesen Umständen muß ich jede Verantwortung ablehnen, Monsieur le Préfet.»

«Ja», sagte der Präfekt betreten. «Ja ... Ich verstehe Sie vollkommen.»

«Warum wollen Sie nicht jetzt schon bekanntgeben, was ohnehin bald ans Licht kommen wird?»

«Völlig ausgeschlossen ... Sind Sie allein, Garric? Gut. Ich durfte Ihnen auf höhere Anweisung nicht alles sagen. Aber jetzt ... Passen Sie auf: In Wirklichkeit protegiert das Verteidigungsministerium dieses Experiment ... Mit unseren achtundvierzig Millionen Einwohnern sind wir ein kleines Land, verglichen mit den Vereinigten Staaten, Rußland oder China. Und im Kriegsfall ... Schön, wir haben jetzt auch die Bombe; aber vergessen Sie nicht den Aderlaß von 1914–18, der uns fast zum Verhängnis geworden wäre ... Ja, und dank Mareks Entdeckung können wir nun mit einem einzigen nicht allzu arg verstümmelten Toten fünf, sechs oder sieben Verwundete heilen, also fünf, sechs oder sieben Soldaten wieder einsatzfähig machen ... Begreifen Sie jetzt? Diese Operation, die unter dem Kennwort ‹Hydra› läuft, würde uns eine gewaltige Überlegenheit sichern – vorausgesetzt natürlich, daß der Konflikt lang genug anhält ... Also, Garric: Aufgeben kommt nicht in Frage – klar! Wenn Ihnen die Sache über den Kopf wächst, kommen wir Ihnen zu Hilfe. Aber vorläufig droht ja noch gar keine Gefahr, zum Donnerwetter! Ihr Jumauge hat sich umgebracht – schön. Das ist bedauerlich, aber keine Katastrophe, weil es keine direkte Folge der Transplantation ist ... Sie haben die Aufgabe, die Reaktionen unserer Patienten zu untersuchen – gut. Aber tun Sie es von einer höheren Warte aus, ja? Mit etwas mehr Abstand, ja? Und vor allem: Halten Sie sich vor Augen, daß dies eine Angelegenheit von weltweiter Bedeutung ist ... Bewahren Sie ruhig Blut und einen klaren Kopf. Wir zählen auf Sie, Garric!»

Er legte auf.

Ich ernähre mich praktisch ausschließlich von Brötchen und Gebäck, nur um dieses Mädchen zu sehen ... Ein Backfisch. Sie hat die Haare lose rückwärts gekämmt. Sie kichert albern. Sie hat ein Backpfeifengesicht. Sie hat, wenn man das analog sagen kann, einen Backpfeifenhintern. Und ich gäbe wer weiß was darum, sie ...

Sie heißt Gertrud. Ihre Eltern kommen aus der Gegend von Straßburg. Den Vater, einen Riesen mit einem Hanswurstgesicht, sieht man kaum. Die Mutter trägt immer ihre Rangen auf den Armen. Gertrud steht an der Kasse. Sie kaut an einem Kaugummi. Neben ihr läuft ein Transistorradio. Sie trägt einen knallgelben, eng anliegenden Pullover. Zu eng. Wahrscheinlich ist sie nur hinausgewachsen. Vielleicht merkt sie gar nicht, daß dieser Pullover ihre Formen mit einer faszinierenden Genauigkeit enthüllt. Ihre Züge sind schlaff und weich; sie riecht nach Frau und zieht die Nase wie ein kleines Kind. Ich wähle umständlich Karamellen aus, die nach Vaseline schmecken. Ich biete ihr eine an.

«Sie sind aber naschhaft», bemerkt sie in einem unbewußt herausfordernden Tonfall.

«Ja, sehr ...»

Das sind unsere Gespräche. Ich gehe mit meinen Karamellen nach Hause, aber ich habe keine Lust, zu arbeiten. Ich unterrichte kleine Dummköpfe, die man schon überall hinausgeworfen hat. Voller Selbstgefälligkeit geben sie sich auch bei mir keine Mühe. Sie wissen, daß ich zuletzt doch klein beigeben muß. Wir sind Komplicen. Sie stinken vor Faulheit, und ich schicke ihren Eltern wohlwollende Zeugnisse nach Hause. Es sind zwei Mädchen darunter, an die man sich leicht heranmachen könnte. Die Vorsicht hält mich zurück. Und außerdem finde ich sie nicht besonders aufregend. Gertrud dagegen ...

Wozu weiterlesen. Ich stand auf, um mir einen Kaffee zu machen. Schlafen würde ich ohnehin nicht mehr können.

Jumauge war sicher schon tot, und das Heft hatte ich in jedem Fall zu spät gefunden. Ich nahm es aber trotzdem wieder zur Hand und suchte nach einem Indiz, das eine Erklärung für den Selbstmord liefern könnte ... Was jetzt kam, hatte ich bereits erraten: Jumauge hatte beharrlich die Mutter bearbeitet: Die Kleine sei intelligent und würde mit Leichtigkeit die elementaren Handelsfächer erlernen; ohne Diplom könne man heutzutage nicht einmal Zeitungen verkaufen ... Und Gertrud kam zu ihm.

Ihre Schrift ist groß und verschnörkelt. Während ihre Hand über das Blatt gleitet, spürt sie die Gegenwart des Lehrers hinter sich. Meine Gegenwart. Sie gibt sich große Mühe beim Schreiben. Sie vergeht vor Dankbarkeit. Sie gehört mir. Ich versuche nicht, sie zu berühren. Es genügt mir, sie zu streifen, ihren Duft einzuatmen. Sie riecht nach Getreide.

Wenn sie einen Fehler macht, wird sie rot, und ihre Augen schimmern feucht. Dann sind sie beinah schön. Ich lasse sie absichtlich viele Fehler machen, und sie schaut mich ängstlich und ehrfürchtig an.

«Komm, ich streich dir die Haare zurück», sage ich. «Sie stören dich beim Schreiben.»

Mit dem Finger hebe ich die unordentlichen Strähnen hoch. Sie bewegt sich nicht. Die Berührung läßt sie erstarren.

«Und du mußt dich anders anziehen ... Das ist doch nicht bequem zum Arbeiten.» Ich streife sacht über den engen Pullover. Ich berühre ihre Brust.

Wir sind beide blaß. Sie sieht mich an, wie das Kaninchen die Schlange ansieht.

«Komm, rechne das noch einmal ...» Meine Stimme ist heiser. «57 und 8 sind nicht 66, sondern ... Na?»

Ich lege den Arm um ihre Schultern und zähle mit den Fingern auf ihrer Brust: 8, 9, 60, 61, 62, 63, 64 und 65 ... Ich fühle, wie sie sich der zählenden Hand entgegenneigt. Sie hebt den Kopf. Ihr Atem ist süßlich. Sie hat schlechte Zähne. Ich hasse sie. Meine Lippen suchen sanft. Jetzt ... Ich hasse sie. Und es macht mich wütend, daß sie es so genießt. Außerdem finde ich es skandalös, wie dieser Backfisch vor Lust erschauert. Sie wird mir doch nichts beibringen wollen, das kleine Luder? Schluß, Schluß, Schluß!

Donnerstag. Ich habe ihrer Mutter erklärt, daß sie zuviel nachzuholen hätte und in der Schule besser aufgehoben wäre. Heute nachmittag hat sie bei mir geläutet. Sie erriet, daß ich sie nicht hereinlassen würde, und schlüpfte unter meinem Arm durch. Sie lutschte an einem Bonbon, das nach Frisiersalon roch.

«Ich glaube, ich hab mein Schreibzeug vergessen», sagte sie mit einer Dreistigkeit, die mich aus der Fassung brachte. Ich folgte ihr ins Klassenzimmer.

Sie machte sich nicht einmal die Mühe, zu suchen. Lächelnd blickte sie mich an. «Mama hat mich gefragt, was ich gemacht hab, daß Sie mit mir böse sind. Sind Sie mir böse?» Sie setzte sich auf die Tischkante und lehnte sich nach rückwärts auf die Arme. Mit hohlem Kreuz. Ihre Brüste ...

«Was hast du ihr erzählt?»

Sie lachte auf und strich sich die Strähne zurück, die ihr über das Auge fiel. Ich verstand die Drohung, und sie fühlte meine Angst.

«Stimmt es, daß Sie mich nicht mehr wollen?»

Sie verstand es instinktiv, mit den Worten zu spielen; es machte ihr Spaß, mich in Wut zu versetzen. Ich ballte die Fäuste.

«Wenn Sie mich schlagen, sag ich es. Papa ist stark, viel stärker als Sie!»

«Verschwinde! Sofort!»

«Er wird gar nicht zufrieden sein. Er ist böse, wenn ich weine. Er wird Ihnen verbieten, mich zu küssen und ...»

Sie spielte das kleine Mädchen. Ihre furchtbar wissenden Augen belauerten mich. Ich war für sie nichts als ein armer Tropf, der nachgeben muß, der nachgeben wird. Ich streckte die Hände vor. Vielleicht wollte ich sie erwürgen, ich weiß es nicht. Aber sie wußte, was ich wollte. Ihr Mund öffnete sich leicht; ihre Nasenflügel bebten. Sie stöhnte, noch bevor ich sie berührte.

Freitag. Sie ist wieder gekommen. Es macht ihr Spaß, mich nervös zu machen. Sie erzählt mir von ihrem Vater, schildert ihn als menschenfressenden Hünen. Sie lügt mit Wonne. Woher weiß sie, daß ich im Grunde ein Schwächling bin? Oder weiß sie's vielleicht gar nicht? Vielleicht hat auch sie Angst? Sie kommt zu mir, und wir spielen ‹Angsthaben›. Wir lieben uns hastig wie zwei Verdammte. Kaum ist sie aus dem Haus, stürze ich unter die Dusche. Ich fühle mich wie eine angefaulte Frucht. Eines Tages wird man uns zweifellos erwischen. Oder sie wird sich verplappern ... Das Schlimmste ist, daß ich es nicht mehr aushalte ohne sie. Sie kennt mich durch und durch, und ich bin ihr ausgeliefert wie einem gefährlichen Tier, das man nicht reizen darf. Sie wird mich noch zugrunde richten. Sobald sie fort ist, suche ich sie. Ziellos gehe ich im Haus herum; ich versuche, mich an ihre Bewegungen, ihre Schreie zu erinnern, und ich möchte laut brüllen. Wenn das so weitergeht ... Nein. Dann lieber Schluß machen. So schnell wie möglich. Andernfalls ... Ich glaube nicht, daß die Geschworenen wissen werden, was jetzt in mir vorgeht.

Das Luder! Aber sie soll mich nicht kleinkriegen.

Hier endete das Manuskript. Ich heftete es ab; meine Akte wurde immer umfangreicher, und ich fragte mich, wie dick sie noch werden würde.

Der Fall Jumauge entzog sich jeglicher Analyse. Ich glaubte, recht gut zu verstehen, was geschehen war. Doch wo war hier der Einfluß Myrtils? Ich zweifelte nicht, daß es ihn auch in diesem Falle gab, aber er war nicht zu greifen. Er ließ sich nicht isolieren; er gärte irgendwo unter der Oberfläche wie ein Ferment. Heute Jumauge; morgen vielleicht Nérisse oder Gaubrey ... Ich nahm ein Schlafmittel und schlief schließlich ein.

Am nächsten Morgen rief ich in aller Frühe die Klinik an. Marek teilte mir mit, daß Jumauge kurz vor Mitternacht gestorben sei. Er hatte unverzüglich eine Autopsie vorgenommen. Die Transplantation war auf keinen Fall die Todesursache gewesen. Nichts sprach dafür, daß sich der Organismus gegen den neuen Körperteil zur Wehr gesetzt hatte. Die Gründe für den Selbstmord, folgerte Marek, müßten also in Jumauges Vergangenheit gesucht werden.

«Ich habe sein Tagebuch gelesen», sagte ich.

«Bah, Tagebücher! Die haben nichts mit Wissenschaft zu tun», gab Marek zurück. «Hören Sie, ich kann die Leiche nicht tagelang hierbehalten. Kann man ihn morgen beerdigen?»

«Morgen schon? Das ist knapp. Es gibt da gewisse Formalitäten ...»

«Ewig diese Formalitäten!» knurrte Marek. «Also übermorgen?»

«Ich will's versuchen.»

Der Professor hatte gut reden! Ich verbrachte den Tag mit Laufereien und Besuchen. Als erstes versuchte ich, Jumauges Mutter anzurufen. Eine Stimme teilte mir mit, daß sie seit Wochen krank sei und keinesfalls reisen könne. Das war wenigstens ein Lichtblick. Dann mußte ich mich mit dem Bestattungsinstitut raufen, alle möglichen Behörden benachrichtigen ... *Ewig diese Formalitäten!* Im Grunde hatte Marek so unrecht nicht.

Zum Glück war mir Leviret sehr behilflich. Er sorgte auch für ein kirchliches Begräbnis.

«Der arme Jumauge war sicherlich nicht ganz zurechnungsfähig, als er sich das antat», meinte er. «Wo soll er beerdigt werden?»

«Auf dem Friedhof von Pantin.»

«Gut. Ich werde in der Klinik eine Messe lesen und am Grab die Gebete sagen. Es ist zwar nicht ganz korrekt, aber ... Nun, ich habe mich bisher auch nicht korrekt verhalten. Wenn erst meine Vorgesetzten die Wahrheit erfahren ...»

Die Trauerfeier werde ich nicht so bald vergessen. Wir begaben uns in die Klinik. Der Sarg war im Saal, in dem der ‹Verein› zusammengekommen war, unter einem schwarzen Tuch aufgebahrt. Kerzen brannten. Entsetzen spiegelte sich auf den Gesichtern der Trauergemeinde. Außer Nérisse waren alle gekommen; Jumauges Tod hatte ihm einen Schock versetzt, und er schlief jetzt unter der Wirkung von Beruhigungsmitteln. Man sprach leise. Gaubrey hatte getrunken und führte halblaute Selbstgespräche. Mousseron war verdrossen.

«Ich hab den Kerl doch überhaupt nicht gekannt!» beschwerte er sich bei jedem, der es hören wollte. «Ich habe keine Zeit zu vertrödeln. Ich muß zu einer Probe ... Wird es lange dauern?»

Éramble war taktvoller, schien aber ebenfalls ungehalten. Er stand neben Simone Gallart und wiederholte ständig: «Das kommt wirklich im dümmsten Moment ... Ausgerechnet jetzt ...» Ich fragte ihn, warum. Leicht verlegen erklärte er mir, daß er sich gestern abend mit Simone verlobt habe, und jetzt mache ihm dieser Todesfall einen Strich durch die Rechnung. Ich hatte nicht die Kraft, ihm Glück zu wünschen.

Und dann erschien Régine. Es wurde stumm im Saal. Der Abbé runzelte die Stirn, und ich bedauerte, daß ich ihn nicht rechtzeitig gewarnt hatte.

«René Myrtil hatte eine ... eh, eine Freundin, die ihm sehr teuer war», stotterte ich. «Darf ich Ihnen Mademoiselle Régine Mancel vorstellen?» Es klang entsetzlich unecht. «Mademoiselle Mancel hat durch einen Zufall einen Teil der Wahrheit entdeckt, und so mußte ich ihr alles berichten. Sie hat mir versprochen, das Geheimnis für sich zu behalten.»

«‹Geheimnis› ist nachgerade gut», murmelte Mousseron.

«... und ich meine, daß sie ein gewisses Recht darauf hat, der Beerdigung unseres Freundes Jumauge beizuwohnen, da sie ... Natürlich hat sie Jumauge nicht gekannt, doch wenn wir Jumauge zu Grabe tragen, so beerdigt sie ... einen Teil von Myrtil.»

Mousseron kicherte. Der Abbé sah ihn streng an.

Ich wußte, daß ich mich völlig verheddern würde, und rettete mich in eine allgemeine Vorstellung. «Madame Gallart ... Monsieur Éramble ... Monsieur Mousseron ...»

«Herz und Lungen», präzisierte Mousseron.

«Schweigen Sie!» zischte ich ihm wütend zu und zog Régine hastig weiter.

«Olivier Gaubrey ... Oh, Verzeihung; ich vergaß. Sie kennen sich ja bereits.»

«Ein wenig», sagte er mit heiserer Stimme.

«Und schließlich Abbé Leviret ... Entschuldigen Sie, Abbé, ich bin nicht dazu gekommen, Sie vorher zu verständigen.»

«Schon gut», sagte er wehmütig. «Es kommt schon nicht mehr darauf an.»

«Und der andere?» fragte Régine plötzlich. «Der mit dem Kopf?»

«Er ist noch nicht ganz gesund.»

«Kann ich ihn sehen?»

«Später. Ich verspreche es Ihnen.»

Instinktiv hatten sich die andern zurückgezogen; um Régine und mich war ein leerer Raum entstanden. Ich fühlte, daß ich mit meiner Weisheit zu Ende war. Der Abbé rettete die Situation, indem er mit dem Trauergottesdienst begann.

Sätze aus Jumauges Tagebuch schossen mir durch den Kopf. Was mußte dieser Mensch gelitten haben, ehe er ... Plötzlich fiel mir auf, daß sich keiner der andern nach den Gründen des Selbstmordes erkundigt hatte. Waren sie einfach zu sehr mit sich selbst beschäftigt?

Der Abbé kam zum Schluß.

«Francis Jumauge geht von uns. Aber sein Tod steht in keinem Zusammenhang mit der Operation, das ist erwiesen. Unser unglücklicher Freund hat sein seelisches Gleichgewicht verloren; er hätte wohl auch unter anderen Umständen seinem Leben ein Ende gesetzt. Jumauge nimmt ein wenig von Myrtil mit sich ins Grab. Vereinigen wir sie in unserem Gebet. Friede mit ihrer Asch ... ihren Seelen.»

Er bekreuzigte sich, und die Leichenträger traten ein. Nachdem sie den Sarg in den Leichenwagen gehoben hatten, öffnete der Mann vom Bestattungsinstitut den Schlag des nächsten Wagens und sagte professionell-gedämpft:

«Die Trauerfamilie bitte.»

An dieses Detail hatte ich nicht gedacht. Eigentlich gehörten alle Operierten zur ‹Familie›. Doch schon stieg Régine ein, ernst und schmerzerfüllt wie eine Witwe, und niemand wagte ihr zu folgen. Mousseron packte Gaubrey am Arm.

«Ich nehme ihn mit», erklärte er. «Ich paß schon auf ihn auf.»

«Kommt der Professor nicht mit?» fragte Éramble.

«Nein. Er muß sich um Nérisse kümmern.»

«Dann fahren Sie mit uns ... Sie auch, Abbé.»

Schweigend fuhren wir hinter dem Leichenwagen her. Um die peinliche Stille zu brechen, sagte ich leise zu Simone:

«Sie sind schockiert wegen Régine, nicht wahr?»

«Ja», gab sie zu. «Erstens ist es unpassend, und zweitens besteht jetzt zwischen dieser Frau und uns ... wie soll ich sagen – eine Art Komplicenschaft, ja? Etwas Unklares, Unsauberes ... Werden wir sie jetzt ständig am Hals haben?»

«Man kann sie schlecht ausschalten, finde ich.»

«Wollen Sie damit sagen, daß wir ... ihren Liebhaber verkörpern?»

«Das ist doch unmöglich!» rief Éramble. «Vielleicht sollen wir sie auch noch zu unserer Hochzeit einladen?»

Es war eine rhetorische Frage. Niemand antwortete.

«Was halten Sie davon, Abbé?» fragte ich trotzdem.

Der Pfarrer faltete die Hände in einer Geste der Ohnmacht und der Resignation.

«Schließlich hat sie keinen Anspruch auf uns!» meinte Simone wütend.

«Ja und nein», sagte der Abbé nachdenklich. «Mann und Weib sind ein Leib.»

«Aber die zwei waren doch gar nicht verheiratet!»

«Auch die Absicht zählt. Mademoiselle Mancel ist der Meinung, daß nur die besonderen Umstände die Heirat verhindert haben. Da sie sich als seine Frau betrachtet, hat sie ... Also ich finde, sie hat ...»

«Sprechen Sie's doch aus!» fiel ihm Éramble aufgebracht ins Wort. «Sie finden, diese Person hat das Recht, uns zu beglotzen. Aber das lasse ich nicht zu! Meine Beine gehören mir!»

«Wie bitte?» fuhr Simone auf.

«Pardon, ich meine ...» Éramble schien verwirrt. «Ich meine natürlich: mein Bein. Aber, ganz egal – das kommt nicht in Frage!»

Der Abbé und ich tauschten hilflose Blicke. Simone Gallart zog ihren Rock herunter und drückte sich mißmutig in eine Ecke. Schweigend fuhren wir zum Friedhof.

Die Beerdigung dauerte nicht lange. Ich dachte an Jumauge. Die anderen dachten wahrscheinlich nur an Myrtil; ich fragte mich, ob sie sich nicht vielleicht auch am eigenen Leib getroffen fühlten. Dann trat Régine zurück und blieb am Wegrand stehen. Gaubrey gab ihr als erster die Hand und sprach ihr sein Beileid aus. Die andern taten es ihm nach.

Am Ausgang trafen wir uns wieder.

«Soll ich Sie irgendwohin fahren?» bot mir Éramble an.

«Nein, danke. Ich werde Mademoiselle Mancel begleiten.»

Er drängte nicht weiter, und wir verabschiedeten uns. Ich ging die Friedhofsallee zurück, um Régine zu suchen. Sie stand wieder vor dem Grab, auf das die Leichenträger die letzten Blumen und Kränze niederlegten. Es waren nur zwei Kränze. Der vom ‹Verein› gespendete trug die Aufschrift: UNSEREM FREUND. Auf dem zweiten stand geschrieben: IN EWIGER TRAUER.

Régine hatte meinen Blick bemerkt und meine Gedanken sofort erraten.

«Jawohl», sagte sie. «Ewig. Auf einem Friedhof sagt man meistens die Wahrheit.»

Ich wußte nicht, was ich erwidern sollte, und zog sie sanft fort.

«Ich will in die Klinik zurück», erklärte sie. «Bitte, Monsieur Garric, ich möchte den Patienten sehen, der den Kopf hat ... Wie heißt er doch?»

«Nérisse. Albert Nérisse.»

«Richtig. Ich muß ihn sehen ... Bitte!»

«Ich weiß nicht, ob es der Professor gestatten wird. Heute früh ist es Nérisse nicht sehr gut gegangen.»

«Bitte, Monsieur Garric.»

Ich konnte es ihr nicht abschlagen. Ich hielt ein Taxi an, und wir stiegen ein.

«Die andern sind mir böse, nicht wahr?» sagte sie. «Ich hab's gespürt. Meine Gegenwart stört sie. Dabei habe ich ihnen nichts gestohlen!»

Ich legte behutsam die Hand auf ihren Arm. «Sie sind ungerecht», sagte ich. «Niemand hat niemandem etwas gestohlen. Sie dürfen nicht vergessen, daß es Myrtil selbst so wollte.»

«Man hat ihn bestimmt betäubt und ihn zum Unterschreiben gezwungen ... René war viel zu stolz auf seinen Körper. Er war schön, Monsieur. Wenn Sie wüßten ...» Sie brach in Tränen aus. Ich wiederholte stumpfsinnig, daß sich Myrtil aus freien Stücken zur Verfügung gestellt hatte. Darüber erreichten wir die Klinik.

Der Professor war in seinem Arbeitszimmer. Mißtrauisch musterte er Régine.

«Nerisse schläft», sagte er. «Er ist erschöpft von seinen Kopfschmerzen. Ich kann es einfach nicht verstehen ... Sie sehen, ich schreibe gerade den Krankenbericht. Möglicherweise waren wir zu voreilig. Ich habe ihn deshalb nochmals eingegipst ...» Er besann sich auf die Anwesenheit Régines. «Also gut, wenn Sie mir versprechen, kein Wort zu sagen, dürfen Sie einen Blick hineinwerfen.»

Er klingelte. Ein Krankenwärter führte uns zu Nérisse. Régine war sehr aufgeregt. Ich mußte sie stützen und an das Bett führen.

«Mein Gott!» stammelte sie.

Nérisse lag da wie ein Toter, die Augen geschlossen, die Arme an den Körper gepreßt. Die Stirn bedeckten Kompressen. Régines Fingernägel bohrten sich in meinen Arm.

«Er hat sich einen Bart wachsen lassen», flüsterte ich.

«Ich erkenne ihn trotzdem ... René!»

«Psst!»

Schon drängte uns der Krankenwärter wieder hinaus. Ich dachte, Régine würde ohnmächtig werden. Ich zerrte sie an ein offenes Fenster.

Sie wurde nicht ohnmächtig. «Es ist René», murmelte sie. «Er ist es tatsächlich ...»

«Nein. Es ist nur sein Kopf. Und die Gedanken darin sind Nérisses Gedanken ... Das ist verwirrend, ich weiß; am Anfang ging es mir genauso wie Ihnen. Aber wenn es ihm wieder besser geht und Sie mit ihm sprechen können, werden Sie sich wohl oder übel davon überzeugen müssen. Er wird Sie wie eine Fremde empfangen.»

«Das ist entsetzlich!»

Sie war völlig verwirrt, und sie war erschüttert. Ich überlegte, was ich mit ihr anfangen sollte. Sie allein zu lassen, schien mir nicht ratsam.

«Wollen Sie sich bei mir zu Hause ein wenig ausruhen?» schlug ich vor. «Wir können uns in aller Ruhe unterhalten, und ich werde versuchen, Ihnen das alles klarzumachen.»

Sie willigte ein, und wir nahmen ein Taxi. Unterwegs erzählte ich Régine von den verschiedenen Tests, die Marek nach der Operation mit Nérisse gemacht hatte, und von den eindeutigen Resultaten. Darüber erreichten wir meine Wohnung. Ich fühlte, daß Régine mir glaubte, aber ihre Grundhaltung blieb skeptisch. Ich führte sie ins Wohnzimmer und goß ihr ein Glas Whisky ein. Dann las ich ihr meine Notizen vor.

«Sie geben sich soviel Mühe», sagte sie. «Sie sind sehr freundlich.»

«Aber nein, Régine. Das hat nichts damit zu tun ... Ich versuche nur, Ihnen klarzumachen, was hier geschehen ist.»

Aber es war verlorene Liebesmüh; Régine hatte nicht viel Verständnis für den philosophischen Aspekt der Angelegenheit.

«Sprechen Sie mit dem Abbé», schlug ich ihr schließlich vor. «Er kennt das Experiment aus erster ... eh, aus nächster Nähe.» Beinahe hätte ich ‹aus erster Hand› gesagt.

«René ist also doch tot ...» Ihre Stimme begann zu zittern.

Ich fürchtete schon einen großen Ausbruch. Sie beherrschte sich jedoch und fuhr fort:

«Was soll ich überhaupt in der ganzen Sache? Ich will mich nicht aufdrängen. Glauben Sie, daß man mir gestattet, René ... ich meine, diesen Nérisse wiederzusehen? Die andern interessieren mich nicht.»

«Da ist noch Gaubrey», sagte ich langsam. «Es wäre mir eigentlich lieb, wenn Sie sich ein bißchen um ihn kümmern würden. Sie kennen ihn ja schon, und er ist so deprimiert in letzter Zeit.»

«Gaubrey? Ach – Sie wissen das noch gar nicht? Der und deprimiert! Er soll eine Ausstellung bekommen – ganz groß soll die Sache aufgezogen werden ... Er hat seine neuen Bilder einem Galeriebesitzer gezeigt, und der war sofort Feuer und Flamme.»

«Ach? Na, eigentlich hätte er mir das sagen können.»

«Er ist völlig durchgedreht. Bisher hat er aus Verzweiflung gesoffen; jetzt säuft er aus Begeisterung ... Vorschuß hat er auch schon bekommen.»

«Na so was ... Wann ist denn das passiert?»

«Vor zwei oder drei Tagen. Ich kam zu ihm ins Atelier, da tanzte er herum und sang. Er zeigte auf seinen linken Arm und schrie: ‹Die Pfote da hat mir Glück gebracht!› Es war Renés Arm ...» Sie wischte sich die Augen und fuhr fort: «Er nahm einen Pinsel und malte lauter Wellenlinien in allen möglichen Farben – ich konnte nicht erkennen, was es darstellen sollte, aber es sah ganz hübsch aus. ‹Weißt du, wie ich das nennen werde?› fragte er. ‹Galaxis! Toller Titel, was? Sie sind alle verrückt nach dem Zeug. Der Galeriefritze sagt, ich bin der Maler des Weltraums ... Und weißt du, wem ich alles verdanke? Deinem Myrtil!› Da hab ich ihm eine runtergehauen.»

«Was?»

«Ja. Und dann hat er mich hinausgeschmissen ... Nein, deprimiert ist er bestimmt nicht, Ihr Gaubrey!»

«Régine», sagte ich, «ob Sie's mir glauben oder nicht – auf Gaubrey muß man aufpassen, sonst ... Das kann eine Katastrophe geben!»

Einige Tage später gab es eine Katastrophe.

Ich wollte mich selbst vom Stand der Dinge unterrichten; der plötzliche Erfolg, der künstlerische Durchbruch Gaubreys kam mir höchst sonderbar vor. Ich fand die Galerie Massart, eine der bedeutendsten Kunstgalerien am rechten Seine-Ufer, und sprach mit dem Inhaber.

«Gaubrey? Na, ich gebe ihm zwei, drei Jahre. Dann ist er erledigt. Als Maler, meine ich.»

«Aber ... hat er Talent?»

Massart schaute mich halb überrascht, halb amüsiert an. «Talent? Früher glaubte ich zu wissen, was das ist ... Jetzt gibt es nur noch das, was sich verkaufen und was sich nicht verkaufen läßt. Gaubrey wird sich eine Weile verkaufen lassen, aber dann ...» Er zuckte die Achseln.

«Sehen Sie, mit der Malerei ist es so ähnlich wie mit einem Waldbrand. Plötzlich schlägt eine Flamme hoch, das Feuer breitet sich rasend schnell aus, der Rauch ist von weitem sichtbar ... Na ja, und dann steigen die Preise. Wenn das Feuer nicht von selbst um sich greift, muß man ein bißchen nachhelfen. Bei Gaubrey langt's nicht zum Waldbrand; ich denke da an ein nettes, kleines Buschfeuer, ja? Sehr groß wird's nicht werden, fürchte ich. Aber man kann nie wissen.»

«Und nachher?» fragte ich. «Wenn sich Gaubrey nicht mehr verkaufen läßt?»

«Du lieber Himmel – was macht ein Leistungssportler, wenn er älter wird? Ich hoffe, daß Gaubrey intelligent genug ist, um sich rechtzeitig umzustellen. Sollte er noch Illusionen haben, so geben Sie ihm den guten Rat, den Beruf zu wechseln.»

«Aber es stimmt, daß Sie seine Bilder ausstellen wollen?»

«Es stimmt. In sechs Wochen. Inzwischen hat er Zeit, etwa dreißig Bilder zu malen ... Falls er nicht zuviel säuft. Obwohl – auch das weiß man nie ... Vielleicht imponiert es den Leuten, wenn er dauernd besoffen ist. Legendenbildung ist das halbe Geschäft. Der verzweifelte Maler, der seine Hand nicht mehr unter Kontrolle hat – ich bitte Sie; das ist doch die beste Reklame, die man sich vorstellen kann. Gaubrey hat alles seiner linken Hand zu verdanken.»

Erschüttert verließ ich die Galerie. Der letzte Satz von Massart beschäftigte mich: *Gaubrey hat alles seiner linken Hand zu verdanken* ... Ich mußte mich mit einem Menschen aussprechen und beschloß, Leviret zu besuchen. Er saß in seinem Zimmer im Pfarrhaus und schrieb fleißig vor sich hin. Als er mich erblickte, lächelte er wehmütig. Verständnislos starrte ich auf die mühevoll hingemalten Buchstaben mit den zittrigen Schlingen.

«Zuerst glaubte ich, ich würde es nie schaffen», sagte er. «Jetzt geht's schon viel besser.»

«Was soll das heißen ... Schreiben Sie denn nicht so wie früher?»

Er sah mich ernst an. «Wenn Sie die Feder mit Fingern halten müssen, die nicht die Ihren sind ... Zuerst habe ich immer wieder das Papier mit der Feder zerrissen. Diese Hand ist zu kräftig ... Ich wollte Ihnen nichts sagen – Sie können mir ja doch nicht helfen. Ich habe viel gebetet.»

Ich erzählte ihm von meinem Besuch in der Galerie. Er antwortete nicht gleich.

«Irgendwie sind wir alle Opfer», meinte er dann. «Ich habe viel darüber nachgedacht. Und wissen Sie, warum ich meinen Vorgesetzten noch nichts sagen werde? Weil ich die Sensation vermeiden will, verstehen Sie? Gaubrey und Mousseron würden über Nacht berühmt werden; ich hätte die Kirche plötzlich voll von Neugierigen. Bald würde es heißen, ich könnte durch Handauflegen heilen ... Man würde aus uns Übermenschen, Propheten und Wundertäter machen ... Wir müssen um jeden Preis schweigen und hoffen, daß sich der Herr unser erbarmt.»

Ich ging fort, ohne Erleichterung in dem Gespräch gefunden zu haben. Zu Hause fand ich ein flaches Paket, das mit der Post gekommen war. Ich riß das Papier auf. Es enthielt eine Schallplatte. Auf dem Umschlag stand in schwungvollen Buchstaben: *Monsieur Garric in Freundschaft gewidmet.* Mousserons erste Platte! Ich legte sie gleich auf. Ich verstehe nicht viel von Jazz, aber ich fand die Aufnahme gut. Mousserons Saxophon hatte einen pathetisch-heiseren Klang – wie eine schmerzliche Stimme, die dunkle Sehnsüchte heraufbeschwört und Geschichten aus einer anderen Welt erzählt ... *Aus einer anderen Welt? Aus Myrtils Welt?* «Quatsch!» sagte ich laut und stellte den Plattenspieler ab. Fast gleichzeitig schellte es draußen. Ich öffnete. Es war Simone Gallart. Ich verbarg meine Überraschung, führte sie ins Wohnzimmer und bot ihr einen Stuhl an.

«Ein kleiner Whisky? Oder ein Cinzano?»

«Nein, danke», sagte sie. «Ich mag nichts trinken ...» Und dann platzte sie unvermittelt heraus: «Ich kann Éramble nicht heiraten!»

«Nanu?» Ich war völlig verblüfft. «Warum denn nicht? Haben Sie sich gestritten?»

«Nein. Aber ... Es ist unmöglich. Vollkommen unmöglich.»

«Warum?»

Sie hob ihren Rock ein wenig hoch und streckte das linke Bein vor. «Darum!»

Ich bemerkte, daß das Bein sorgfältig rasiert war. Dadurch wirkte es noch muskulöser und kräftiger. So fein, glatt und schwungvoll das rechte Bein unter dem durchsichtigen Strumpf war, so sehnig und robust war das linke.

«Als wenn ein Boxer einen Tüllschleier trägt!» sagte sie bitter.

«Na, jetzt übertreiben Sie aber!»

«Versuchen Sie nicht, höflich zu sein, Monsieur Garric. Die Wahrheit ist, daß ich keine Frau mehr bin. Ich finde mich scheußlich, wenn ich in Hosen herumlaufe. Und wenn ich einen Rock anziehe, sehe ich aus wie eine Mißgeburt.»

Ich schwieg; mir fiel nichts ein, was ich hätte sagen können.

«Meine Beziehungen zu Étienne sind mir ein Greuel», fuhr sie fort. «Ich liebe ihn nicht. Ich werde ihn nie lieben ... Ich liebe Myrtil.»

«Wie bitte? Ich verstehe nicht ganz ...»

«Kann ich doch einen Schluck Cinzano haben?» murmelte sie.

Ich schenkte ihr ein Glas ein. Sie war verkrampft, aber sie kam mir vor wie jemand, der absichtlich in den Abgrund schaut, um das Schwindelgefühl zu besiegen.

«Wenn Sie eine Frau wären, würden Sie mich verstehen», sagte sie, nachdem sie getrunken hatte. «Ich habe lange dagegen angekämpft, aber . . . Es ist stärker als ich. Ich habe in alten Zeitungen gestöbert. Ich habe alles über ihn gelesen. Ich kenne sein Leben auswendig. Und wenn ich denke, daß etwas von ihm in mir lebt . . . Es ist, als ob dieses Bein unser Kind wäre.»

Sie sah mich an. Ich verzog keine Miene.

«Ich danke Ihnen, daß Sie nicht gelacht haben», murmelte sie. «Ich weiß genau, das alles ist Unsinn, aber so empfinde ich nun einmal . . . Können Sie das verstehen?»

«Ich geb mir Mühe!»

«Sie brauchen keine Angst zu haben. Ich bin nicht hysterisch. Ich sage Ihnen nur, wie es ist. Ich will Ihnen begreiflich machen, warum ich niemals mit Éramble zusammen leben kann. Er versteht es nämlich nicht. Er promeniert wie ein Stutzer mit Myrtils Bein herum; er tut, als hätte er einen Hund mit Stammbaum gekauft. Und er will gar nicht mich heiraten – er will mein Bein heiraten . . . Myrtils Bein. Aber er hat sich verrechnet!»

Sie ergriff das Glas und stellte es gedankenabwesend wieder hin, ohne daraus zu trinken.

«Warum soll ich Ihnen nicht gleich alles sagen», fuhr sie fort. «Ja, ich habe mit Éramble geschlafen . . . Es war widerlich. Mag sein, daß ich für die Liebe nicht sehr begabt bin. Aber ich weiß, daß ich mit einem Mann wie Myrtil . . . Na ja. Es war eben nicht René; es war Étienne . . . Aber es war auch nicht Étienne allein, verstehen Sie! Es war wie . . . wie ein Dreiecksverhältnis. Und für mich hat er sich überhaupt nicht interessiert dabei; er hat immer nur mein Bein gestreichelt . . . Er ist ein niederträchtiger Mensch.»

«Weiß er von Ihren Absichten?»

«Noch nicht. Ich wollte erst mit Ihnen sprechen. Ich habe auch einfach keinen Mut . . . Könnten Sie es ihm nicht sagen?»

«Ausgerechnet ich?»

«Ja. Sie können ihm erklären, daß es für beide besser ist. Später, wenn wir Paris verlassen dürfen, werde ich fortziehen.»

«Sie sollten mit Marek sprechen . . . Er kann Sie behandeln. Vielleicht ergibt sich früher oder später die Möglichkeit, Ihnen ein anderes Bein zu transplantieren.»

Sie fuhr empört hoch. «Nein! Das . . . Das kommt überhaupt nicht in Frage!»

«Natürlich nicht», beschwichtigte ich sie. «Kein Mensch will Sie zu etwas zwingen . . . Aber finden Sie nicht auch, daß Marek über alles im Bild sein sollte? Lassen Sie mich nur machen; ich werde mit Éramble sprechen. Und mit dem Professor . . . Gehen Sie nach Hause und ruhen Sie sich aus. Ich werde Sie auf dem laufenden halten.»

Sobald sie gegangen war, rief ich Marek an. Er hörte meinen Bericht mit der gewohnten Kaltblütigkeit an.

«Ich kenne diese Sorte Frauen», sagte er. «Sie existieren nur durch ihren Körper; verändern Sie ihnen die Nase oder das Kinn, dann lernen Sie sie erst wirklich kennen ... Ja, vielleicht sind wir da etwas zu weit gegangen. Aber ich werde es in Ordnung bringen.»

Dann rief ich Éramble an und bat ihn um seinen Besuch. Ich verfluchte im stillen Andreotti, der mir die Kammerdienerrolle in einer Schmierenkomödie aufgehalst hatte. Mein verletztes Ehrgefühl wog aber leicht im Vergleich zu der Angst, die mich jetzt überkam. Unsere Patienten drehten durch, einer nach dem andern. Es war, als gehe von den transplantierten Körperteilen etwas aus, das ungeahnte Kräfte in ihren neuen Besitzern freigab, die vorher bereits vorhandene Eigenschaften und Charakterzüge bis zum Extrem steigerten. Jumauge plus Myrtil – das hatte gleichsam zu einer Explosion geführt. Gaubrey war auf dem besten Weg, ein Wundertier zu werden. Und Simone ... Ich rief mich zur Ordnung und verwarf diese Gedanken, weil sie jeder Logik widersprachen. Jumauge – gut. Oder vielmehr schlecht. Aber die andern ... Nein, man durfte nicht verallgemeinern. Nur weil eine aus begreiflichen Gründen überreizte Frau ein Heiratsversprechen zurücknahm, brauchte man noch nicht ernstlich zu befürchten, daß sie Selbstmord begehen würde, daß sie und alle ihre Schicksalsgefährten Jumauges Beispiel folgen würden ... Ich schüttelte den Kopf über mich selbst. Nicht nur die Patienten drehten durch, wie mir schien.

Éramble ließ nicht lange auf sich warten.

«Oh, ich weiß schon, warum Sie mich sprechen wollen», sagte er. «Sicher wegen dieser Sache.»

«Stimmt. Sie ist gerade hier gewesen.»

«Wieso? Wer ist gerade ... Von wem sprechen Sie eigentlich, Monsieur Garric?»

«Von Madame Gallart.»

«Ach so ... Ich sprach von meinem Bein.» Er warf Hut und Handschuhe auf einen Stuhl und seufzte:

«Im Grunde ist das allerdings dasselbe ... Arme Simone! Ich weiß gar nicht, was plötzlich in sie gefahren ist: Ich läute bei ihr, sie öffnet nicht; ich rufe sie an, sie hängt wortlos wieder ein ... Das heißt, ich weiß sogar genau, was mit ihr los ist: Sie ist eifersüchtig.»

«Eifersüchtig? Ich sehe den Zusammenhang nicht.»

«Moment, Sie werden gleich verstehen. Im Gegensatz zu ihr geht es mir viel besser, seitdem ich Myrtils Bein habe, und ich mache kein Hehl daraus. Ich freue mich an diesem Bein ... Und das kann Simone nicht ertragen. Wenn wir zusammen sind, kommt sie sich wie ausgespielt vor – als ob sich ein Teil von ihr mit mir verbündet hätte. Sie wissen doch, wie das ist, wenn drei Freunde beisammen sind: Ganz automatisch ergibt es sich, daß zwei sich gegen den dritten einig sind ... So ungefähr ist es bei uns. Ich weiß nicht mehr, was ich tun soll! Dabei glaube ich, daß ihr insgeheim vor ihrem Bein graust.»

«Und was ist mit Ihrer Hochzeit?»

«Das ist aus und vorbei. Sie will mich strafen ... Sie weiß genau, daß ich entsetzlich leiden werde, wenn sie mich abweist. Aber gerade das will sie ja. Daß ich mir genauso verstümmelt vorkomme wie sie ... Und auch so einsam!»

Er schien einigermaßen verzweifelt zu sein.

«Das sind doch Kindereien!» sagte ich. «Bis zu einem gewissen Punkt begreife ich Sie. Aber das ist doch alles maßlos übertrieben! Sie kommen mir vor wie diese armen Irren auf dem Sportplatz, die fanatisch ihre Mannschaft unterstützen und ...»

Er beugte sich vor und schlug mir mit der Hand aufs Knie.

«Jawohl! Genauso ist es. Sie haben's erfaßt ... Komisch, ich bin nie darauf gekommen, aber genau das ist es ... Ich bin ein Myrtil-Fan, wenn Sie so wollen. Und sein Bein ist – na, wie ein Talisman, das er nur mir allein geschenkt hat.»

«So etwas wie das Trikot des Siegers, das ihm seine Anhänger nach dem Kampf vom Leib reißen, ja?»

«Genau! Myrtil ist ein Mensch, den ich bewundere. Aber das wird Simone nie verstehen können ... Es war ein entsetzlicher Fehler, ihr das zweite Bein zu geben. Eine Frau hat nichts für so etwas übrig. Simone erlaubt mir nicht, daß ich ihrem neuen Bein Beachtung schenke. Es kränkt sie, weil ... Wie soll ich Ihnen das erklären? Die Liebe schließt bei ihr die Kameradschaft aus, wenn Sie so wollen; sie betrachtet es als Beleidigung, daß ich für einen Teil ihres Körpers so etwas wie männliche Freundschaft empfinde.»

So ging es einfach nicht weiter. Die waren ja alle beide nicht mehr ganz zurechnungsfähig. Doch im Interesse der Geheimhaltung durfte ich keinen Psychiater zuziehen. Marek seinerseits verstand nichts von Neurosen ... Wieder einmal mußte ich untätig zuschauen, anstatt zu handeln.

«Sie sollten sich ablenken, auf andere Gedanken kommen», schlug ich vor. «Warum verreisen Sie nicht für ein paar Tage?»

«Der Professor hat uns doch verboten, Paris zu verlassen.»

«Das war nur eine Vorsichtsmaßnahme. Und vielleicht eine übertriebene.»

«Und wenn ihr etwas zustößt? Ein Unfall, oder ...?»

«Ich werde auf sie aufpassen; ich verspreche es Ihnen.»

Er zögerte noch. «Es ist nur, weil ... Ich meine, falls sie ...» Er wagte nicht, es laut auszusprechen.

«Nehmen Sie acht Tage Urlaub!» drängte ich. «Mit Marek werde ich schon fertig.»

Ich begleitete ihn hinaus. Vor der Haustür drehte er sich noch einmal um.

«Vergessen Sie nicht, daß ich ... Ich meine, nur für den Fall ...» Er holte tief Luft: «Ich habe ein Anrecht auf ihr Bein.»

Ich schloß die Tür hinter ihm und lehnte mich erschöpft an die Wand. Wenn dieser Albtraum noch lange dauerte ... Ich versuchte zu lesen, aber ich fand alles fad und langweilig. Ich hatte eine Schwelle überschritten; ich war in ein neues Zeitalter eingetreten – in das Zeitalter der Transplantation. Der Mensch wurde unter meinen Augen umgeformt. Was sollte ich mit Büchern, in denen doch nur Gedanken und Leidenschaften der Welt von gestern gespeichert waren? Für mich gab es nur noch diese sieben Frischoperierten, die ... Nein, sechs waren es ja nur noch.

Zwei Tage vergingen. Ich erhielt eine Karte von Éramble. Er war in der Bretagne, und es gefiel ihm gut.

Drei Tage später rief mich Marek in aller Herrgottsfrühe an. Ich wußte sofort, daß etwas passiert war. Zum erstenmal hörte ich Aufregung in seiner Stimme. Simone hatte ihn am Abend zuvor aufgesucht. Sie war sehr erregt gewesen und hatte ihn um Erlaubnis gebeten, einen Psychiater aufzusuchen.

«Ich war dagegen», sagte Marek. «Ich kenne meine Kollegen. Es ist ihr Beruf, ihre Patienten auszuhorchen, und ich habe keine Lust, sie auf den Hals zu bekommen. Ich habe der Gallart ein starkes Beruhigungsmittel gegeben; vor allem braucht sie viel Schlaf ... Heute früh hätte sie mich anrufen sollen, um mir zu sagen, wie sie die Nacht verbracht hat. Als kein Anruf kam, versuchte ich sie anzurufen. Aber sie meldet sich nicht.»

«Befürchten Sie, daß ...»

«Ich traue der Sache nicht ganz. Sie war ziemlich hysterisch ... Wir müssen sofort hin. Wer zuerst kommt, wartet auf den andern. Ich nehme auf alle Fälle den Krankenwagen.»

Simone Gallart wohnte in der avenue Perrichont, wenige Minuten von mir entfernt. Voll böser Vorahnungen ging ich hin. Erster Stock, sagte die Hausmeisterin. Ich klingelte. Keine Antwort. Totenstille in der Wohnung. Was tun? Einen Schlosser rufen? Jetzt bekam ich ernstlich Angst. Ich glaubte, die Augenblicke vor Jumauges Tür nochmals durchzumachen. Ich lief die Treppe hinunter.

«Das Dienstmädchen kann Ihnen doch öffnen», schlug die Hausmeisterin vor. «Sie hat eine Mansarde im sechsten Stock ...»

Ich rannte schon wieder nach oben.

«... aber um acht kommt sie immer runter», hallte die Stimme der Hausmeisterin durch das Treppenhaus.

In jedem Menschen . . .

... ist etwas von allen Menschen, sagte Lichtenberg. Hier ist in sieben Menschen etwas von einem.

Der Mensch, völlig zerlegbar und wieder zusammenzusetzen wie ein Puzzlespiel! Welche Aussichten, nicht nur im militärischen, sondern auch im zivilen Bereich!

Verhältnismäßig leicht mag es noch sein, Triebe und Anlagen zu überpflanzen, deren Sitz genau zu lokalisieren ist; Zunge und Gaumen eines Gourmets etwa, die fertigen Finger eines fingerfertigen Pianisten oder den treffsicheren Ballfuß eines Fußballers.

Schwieriger wird es schon sein, jene Anlagen zu transplantieren, die an kein Organ gebunden sind. Wo im Körper sitzt beispielsweise die Lust zu angeln? Und wo sitzt die Fähigkeit, einen Tiger zu dressieren? Welchen Körperteil muß man verpflanzen, um aus einem General einen Pazifisten zu machen? Und an welcher Stelle des Körpers ist – um schließlich auf den Zweck dieser Anzeige zu kommen – der Spartrieb zu lokalisieren? Sparen ist ja wohl ein Akt der Vernunft. Also ist das Gehirn der Sitz der Sparsamkeit? Aber ist Sparen nicht auch eine Tugend? Und wo sitzt sie?

Doch genug der Spekulation um das Sparen. Wer spart, spekuliert ohnehin nicht!

Im zweiten Stock stieß ich fast mit dem Dienstmädchen zusammen.

«Rasch!» keuchte ich. «Madame ... Sie macht nicht auf. Vielleicht ist ihr etwas zugesto ...» Ich verschluckte mich und mußte husten.

Das Mädchen hatte begriffen und hastete vor mir her die Treppe herunter. Als wir vor Madame Gallarts Tür ankamen, hörte ich Marek eine Etage unter uns. Er holte uns ein, als die Tür aufschwang. Wir durchquerten den Flur und einen kleinen Salon.

«Das Schlafzimmer liegt ganz hinten», sagte das Dienstmädchen.

Wir stürzten hinein. Simone schien zu schlafen. Der Professor ergriff ihr Handgelenk.

«Sie ist tot», knurrte Marek. «Aber noch nicht lange ...»

Er sah sich suchend um und entdeckte auf dem Nachttisch ein Medizinfläschchen, daneben ein Glas Wasser. Er untersuchte das Fläschchen. Es war leer. Ich hörte ihn in einer fremden Sprache leise fluchen. Das Dienstmädchen schluchzte laut und verzweifelt.

«Schaffen Sie sie hinaus», knurrte Marek.

Das Mädchen schniefte empört und ging hinaus. Sie wollte die Tür hinter sich zuwerfen, besann sich aber im letzten Moment und fing den Schwung ab. Er hatte jedoch gereicht, um ein Blatt Papier unter dem Nachttisch hervorzuwirbeln. Ich bückte mich und hob es auf. *Zehn Tropfen vor dem Einschlafen und fünf Tropfen beim Erwachen einnehmen*, las ich. *Diese Dosis nicht überschreiten* ... Mareks Rezept.

Marek zuckte die Achseln. «Sie hat sich umgebracht», sagte er. «Monsieur Garric, darf ich auf Ihre Mithilfe zählen wie beim letztenmal? Sie müssen vermeiden, daß diese Beamten die Nase in unsere Angelegenheiten stecken. Ist das möglich?»

«Ja, ich denke schon, aber ...»

«Ich nehme sie gleich mit in die Klinik. Der Kleinen draußen erzählen Sie irgendwas ... Sagen Sie ihr, daß ... Sagen Sie ihr meinetwegen, es besteht noch Hoffnung. Nachher helfen Sie mir hier.»

Ich gehorchte. Ich war erschlagen. Schließlich hätte ich merken müssen, daß Simone nicht einfach gekommen war, um mit mir zu plaudern. Vielleicht hatte sie meinen moralischen Beistand erwartet, und ich hatte nichts getan ... Wie im Schlaf half ich Marek. Simone war nicht sehr schwer. Wir konnten sie ohne Anstrengung in den Krankenwagen tragen.

Der Rest des Vormittags verging mit Telefonaten, Behördenbesuchen und wachsweichen Erklärungen. Es ist gar nicht so einfach, eine Leiche beiseite zu schaffen – nicht einmal für einen höheren Polizeibeamten. Zum Glück konnte ich mich auf meinen geheimen Auftrag berufen. Sobald ich einigermaßen Herr der Lage war, erstattete ich dem Präfekten Bericht.

«Rein privates Motiv», entschied er. «Hat nichts mit der Sache zu tun.»

So einfach war das also: Da man das Rad nicht zurückdrehen konnte, schloß man die Augen und ließ es weiterrollen. Es zählte einzig und allein der ‹wissenschaftliche Erfolg›. Ich widersprach nicht. Ich konnte nichts ändern; ich konnte mir bestenfalls den allerhöchsten Unwillen zuziehen ... Ich rief den Abbé an und erzählte ihm, was vorgefallen war.

Es ging ihm an die Nerven, aber es überraschte ihn nicht sonderlich. «Der Teufel leistet ganze Arbeit», meinte er düster. «Wir haben eben vom Baum der Erkenntnis gegessen – was wollen Sie?»

Auch er war mir keine Hilfe mehr. Keiner konnte mir helfen. Ich mußte allein weiterkämpfen.

Marek rief mich am Nachmittag an. Seine Mitteilung war kalt und präzis wie ein medizinischer Bericht; ich habe die medizinischen Details vergessen. Aber ich begriff sofort, worum es ging: Nérisse hatte von der Sache Wind bekommen und litt unter heftigen Depressionen. Marek hatte dafür gesorgt, daß er ständig unter ärztlicher Kontrolle war; der Mann werde von Todesängsten gepeinigt und behauptet steif und fest, alle würden sich umbringen ... Ich hätte Marek beinahe gestanden, daß auch ich schon daran gedacht hatte. Aber Marek hatte offensichtlich keine Zeit für derlei Betrachtungen. Er könne sich im Augenblick um nichts kümmern; er fühle sich hauptsächlich für Nérisse verantwortlich, sagte er und bat mich, alles Nötige für die Beerdigung in die Wege zu leiten. Dann legte er hastig auf. Fürchtete er meine Vorwürfe? In diesem Punkt hätte ich ihn beruhigen können; die Zeit für Vorwürfe war vorbei. Die Katastrophe war bereits da. Wer mochte das nächste Opfer sein?

Ich fuhr mit einem Satz vom Stuhl hoch. *Éramble!* Éramble, ja – der würde mir noch Vorwürfe machen! Éramble, den man unbedingt aus nächster Nähe überwachen mußte. Er hatte dieselben Gründe wie Simone, sich umzubringen – blödsinnige Gründe, falsche Gründe. Aber wie konnte man wissen, wo bei diesen Leuten der Wahnsinn anfing? Ich telegrafierte ihm:

UNVERZÜGLICH ZURÜCKKOMMEN. GARRIC.

Am nächsten Morgen kam er außer Atem bei mir an. «Ist ihr etwas zugestoßen?» fragte er verstört.

«Ja ... Fassen Sie sich: Sie hat sich vergiftet.»

Seine Augen leuchteten auf. «Dann ist ihr Bein frei? Ich will es haben, hören Sie? Es gehört mir!»

Die darauffolgende Woche ist mir sehr unklar in Erinnerung. Ich habe mir nur kurze, stichwortartige Notizen gemacht, mit denen ich heute nicht mehr viel anfangen kann. Ich weiß noch, daß ich auf Mareks Vorschlag zu Éramble übersiedelte. Ich sehe den Professor vor mir, wie er mich, etwas weniger selbstsicher, bittet, Éramble nicht aus den Augen zu lassen. Wir befürchteten alle einen unüberlegten Ausbruch des Unglücklichen, der auf Marek bitterböse war, weil er sich geweigert hatte, Myrtils zweites Bein auf ihn zu übertragen. Das heißt, geweigert ist zuviel gesagt; die Transplantation war nicht mehr möglich, weil Simone Gallart bereits vierundzwanzig Stunden tot war, als Éramble in Paris eintraf. Aber selbst wenn er an Ort und Stelle gewesen wäre, hätte ihm der Professor den Wunsch nicht erfüllt.

Ich versuchte tagelang, Éramble dies beizubringen – vergebens. Er wollte einfach nicht einsehen, daß eine solche Transplantation nur im Notfall berechtigt und jeder Mißbrauch schon allein moralisch unzulässig war. Doch Éramble wandte ein, daß eine zweite Operation aus rein ästhetischen Gründen dem Experiment zum wahren Höhepunkt verholfen hätte; überdies wäre so demonstriert worden, daß ein Glied innerhalb biologischer Grenzen theoretisch unendlich lang weiterleben kann ... Er führte noch andere Argumente an, die alle jene Logik im Absurden aufwiesen, welche das Merkmal jeder fixen Idee ist; und das war es vor allem, was Marek und mich beunruhigte.

Dazu kam, daß Éramble, wie alle Besessenen, keinen Widerspruch duldete. Er drohte, an die Zeitungen zu schreiben, die Sache vor die Öffentlichkeit und vors Gericht zu bringen. Man mußte ihn reden lassen; wenn er sich ausgetobt hatte, bat er um Entschuldigung und gab zu, daß er unrecht hatte; aber dann verfiel er wieder ins andere Extrem. Er hatte Angst, er könnte eine Neurose bekommen, flehte mich an, auf ihn aufzupassen, und machte die peinlichsten Geständnisse. Aus Schüchternheit hatte er nie Sport getrieben. Er wollte sich nie im Sportlertrikot zeigen. Er glaubte, alle machten sich über ihn lustig – ein Komplex, den er am Steuer schneller Autos zu kompensieren versucht hatte.

«Begreifen Sie jetzt, Monsieur Garric, warum Myrtils Bein für mich ein Geschenk des Himmels ist?»

Ja, ich begriff. Ganz sachte suchte ich ihn zu überreden, sich endlich mit den Tatsachen abzufinden.

Simone wurde auf dem Friedhof Père-Lachaise beigesetzt. Éramble ging nicht zur Beerdigung; es hätte ihn zu sehr mitgenommen, und so blieb ich bei ihm. Der Abbé erstattete mir hinterher ausführlich Bericht. Régine war auch diesmal dabeigewesen. Nérisse durfte die Klinik noch nicht verlassen, aber Leviret war sehr enttäuscht, weil sich weder Gaubrey noch Mousseron hatten blicken lassen. Die einen starben, und die anderen entwickelten unerklärliche Ressentiments.

«Es ist wie ein Fluch», sagte er. «Myrtils Blut ergießt sich über unsere Häupter!»

«Was soll das», sagte ich. «Sie als Priester werden sich doch nicht entmutigen lassen!»

«Nein. Uns bleibt ja das Heil, das uns immer dargeboten ist. Wir bleiben frei.»

«Genau das müssen Sie den Leuten klarmachen, Abbé! Sprechen Sie zu ihnen. Sie haben ihr Vertrauen.»

Ich beschloß, die Vereinszusammenkunft vorzuverlegen. Éramble stellte uns sein Haus zur Verfügung. Alle kamen, selbst Nérisse, den Marek auf einer Bahre herbringen ließ. Wir saßen im Salon. Der Abbé tat sehr betriebsam, täuschte Energie und Lebenslust vor. Ich reichte Gebäck herum, verteilte Gläser und gab mir Mühe, möglichst unbeschwert zu erscheinen.

Aber das Eis war nicht zu brechen. Gaubrey war geistesabwesend und unbeteiligt. Mousseron blickte dauernd heimlich auf die Uhr. Er hatte sich am meisten verändert. Man sah ihm den Erfolg an, wie man seinerzeit Jumauge die innere Qual angesehen hatte. In seinen Bewegungen lag etwas Fahriges und Hochmütiges. Seine Züge hatten sich verfeinert. Er hatte abgenommen und sah jetzt aus wie ein Athlet. Er war betont salopp gekleidet und streifte die Möbel und Bilder mit einem blasierten Blick.

«Was sollen wir hier eigentlich?» fragte er plötzlich.

Der Abbé gab sich einen Ruck und ergriff das Wort. Wie in einer seiner Jugendgruppen, dachte ich unwillkürlich.

«Wir sind hier zusammengekommen», begann er, «um uns nach längerer Zeit wieder einmal zu sehen. Ich möchte unsere Freunde Gaubrey und Mousseron beglückwünschen. Wir freuen uns alle über ihren Erfolg.»

«Stellst du bald aus?» fragte Mousseron.

Es war das erste Mal, daß er den Maler duzte. Gaubrey war jetzt für ihn eine nützliche Beziehung.

Endlich kam Leben in Gaubrey. «In vierzehn Tagen», sagte er.

«Und? Klappt alles?» fragte Éramble.

Gaubrey wandte ihm seine unsteten Augen zu.

«Was meinen Sie damit? Die sagen mir, ich soll malen. Also male ich.»

«Wir kommen alle zur Vernissage», warf ich ein.

«Ich hätte mehr davon, wenn ihr mir alle etwas abkaufen würdet», knurrte er.

«Was mich betrifft, so komme ich ganz schön zurecht», meinte Mousseron. «Man hat mir drei feste Engagements angeboten, und im Herbst schreibe ich die Musik zu einem Film.»

Wir erhoben die Gläser und tranken auf seinen Erfolg.

«Noch eins möchte ich sagen», begann der Abbé wieder. «Ich meine, das Glück der einen darf als ein gutes Omen für die andern angesehen werden ... Und vielleicht brauchen wir ein gutes Zeichen. Seit einiger

Zeit hat uns das Unglück nicht verschont, und manche unter uns sind verzagt . . .»

Er brach ab; Nérisse hatte eine schroffe Handbewegung gemacht.

«Wir werden alle sterben», murmelte Nérisse.

«Zweifellos.» Der Abbé reagierte geschickt und bog es ins Scherzhafte ab. «Aber jeder zu seiner Zeit . . . Es gibt jedoch nicht den geringsten Grund zur Annahme, daß das bald sein wird. Seht ihr, Selbstmord hat etwas Ansteckendes an sich, und deshalb möchte ich euch warnen. Der Tod von Jumauge und Simone Gallart hat nichts mit der Operation zu tun, der wir uns unterziehen mußten. Es ist einfach falsch, zu glauben, daß sie deswegen für einen Selbstmord anfälliger waren. Die beiden hatten ihre Sorgen, so wie wir alle unsere Sorgen haben – nun, vielleicht hatten sie etwas mehr. Aber wenn sie uns zu Hilfe gerufen hätten, wäre es nicht so weit gekommen. Es ist die Einsamkeit, die zur Verzweiflung treibt. Zu fünft sind wir stark. Darum wollen und müssen wir einander sofort benachrichtigen, sobald wir uns hilflos fühlen.»

«Bei mir gibt es nichts zu befürchten», sagte Mousseron. «Und du, Gaubrey – hast du etwa Lust, die Radieschen von unten zu betrachten?»

«Danke, ich kann's abwarten», knurrte Gaubrey und leerte sein Glas in einem Zug.

«Und Sie, Nérisse?» fragte der Abbé.

«Wenn ich nur nicht so schwach wäre», murmelte Nérisse. «Ich möchte gern hochkommen, aber . . . Diese Toten machen mich fertig. Ich fühle, wie der Tod näherkommt. Es ist wie . . . Ich stelle mir vor, daß Tiere vor einem Erdbeben so etwas Ähnliches empfinden.»

Diese Worte ließen mich aufhorchen. Ich hatte mich lange mit Telepathie befaßt und nahm mir vor, mich mit Nérisse darüber zu unterhalten. Aber es war nicht der Moment für ein solches Gespräch. Mousseron wurde ungeduldig. Der Abbé beeilte sich, zum Ende zu kommen.

«Auch Éramble ist derselben Meinung. Was mich betrifft, so brauche ich Sie wohl kaum daran zu erinnern, daß ein Christ nie Selbstmord begeht.»

«Und Judas?» flüsterte Nérisse.

«Bleiben wir also miteinander in Verbindung und schämen wir uns nicht, einander alle unsere Ängste anzuvertrauen. Abgemacht?»

«Abgemacht», antworteten die vier, teils, um ihre Ruhe zu haben, teils aber auch aus innerem Bedürfnis und weil sie der Abbé beeindruckt hatte.

Darauf entkorkte Éramble eine Champagnerflasche und bestand darauf, daß wir einen blaßroten Schaumwein aus der Gegend von Troyes kosteten. Mousseron und Gaubrey gingen bald. Es war spät geworden. Marek brachte Nérisse in die Klinik zurück. Der Abbé war mit dem Abend sehr zufrieden. Éramble war in bester Stimmung. Er hatte seinen früheren Elan wiedergefunden und lachte über das, was er ‹seine Schwächen› nannte. Er versicherte uns, er sei überzeugt, die Krise endgültig überwunden zu haben.

Daraufhin wagte ich es, ihn wieder allein zu lassen, obwohl mir bei der Sache nicht ganz wohl war. Aber er rief mich am nächsten Tag an und sagte, er fühle sich blendend, und unsere Freundschaft habe ihm mehr genützt als sämtliche Pillen des Professors. Ich war sehr beruhigt.

Ich beschloß, das Grab von Simone Gallart aufzusuchen – ich gebe zu, es war reine Neugier. Ein Wärter zeigte mir den Weg. Schon von weitem sah ich Régine; sie stand vor dem Grab. Ich empfand etwas Seltsames, Undefinierbares – es war, als streiche jemand leise über die Saiten einer Gitarre. Ich ging schneller.

Sie schien froh, mich zu sehen. «Ich habe mich nicht getraut, nach Ihnen zu fragen», sagte sie. «Sie waren doch nicht krank?»

«Nein. Ich mußte bei Éramble bleiben.»

Ich betrachtete die Kränze. Sie stammten von Angehörigen, von Neffen und Vettern; einer war von unserer Gruppe gestiftet worden. Etwas abseits lag der Kranz von Régine: IN EWIGER TRAUER.

«Hier ist es besser als in Pantin», murmelte Régine. «Dort ist alles mit Gras überwachsen.»

«Gehen Sie immer noch nach Pantin hinaus?»

«Was bleibt mir anderes übrig? Er wartet auch dort auf mich.»

«Aber, Régine . . .»

Ich führte sie fort. Ich wollte ihr klarmachen, daß ihre Treue sinnlos war, aber sie war ebenso hartnäckig wie Éramble.

«Und wenn jetzt Mousseron oder Nérisse sterben würden», wandte ich ein, «würden Sie weiter von einem Friedhof zum andern gehen?»

Sie gab keine Antwort, und ich mußte daran denken, daß es schließlich auch für den Gläubigen das Natürlichste von der Welt ist, alle Kirchen aufzusuchen, in denen Reliquien eines Heiligen aufbewahrt werden, den er verehrt.

«Verzeihen Sie», murmelte ich, «ich wollte Sie nicht verletzen.»

Wir schlenderten über die langen, stillen Friedhofswege. Von Zeit zu Zeit zogen Wolken wie flüchtige Schatten vorbei; dann kam wieder die Sonne hervor und zeichnete unsere Silhouetten dicht nebeneinander auf den Kies.

«Erzählen Sie mir mehr über Myrtil», sagte ich. «War er abergläubisch? Oder besser gesagt, glaubte er an Vorahnungen? Achtete er auf gewissen Zeichen, bevor er ein . . . eh, bevor er etwas unternahm?»

«René? Du lieber Himmel! Nein, René war nicht abergläubisch. Er war von pedantischer Gründlichkeit. Er überließ nichts dem Zufall. Er glaubte nur an sich selbst.»

«War er ein musischer Mensch? Liebte er Musik und Malerei?»

«Nein. Er war sehr nüchtern. Und egozentrisch – er dachte nur an sich ... Zuerst kam immer er! Darum kommt es mir ja auch so unglaublich vor, daß er seine Einwilligung zu diesem Experiment gegeben haben soll ... Höchstens, daß er jemand eins auswischen wollte. Dazu wäre er fähig gewesen!»

Ich blieb vor dem Tor stehen. «Sehen Sie manchmal Gaubrey?»

«Fast jeden Tag. Ich räume bei ihm ein wenig auf. Wenn er betrunken ist, erträgt er mich ... Ich schaue ihm beim Arbeiten zu ... Komisch, wie diese Hand, die so geschickt war, wenn sie eine Pistole zerlegte, plötzlich so unsicher und zaghaft ist! Nur wegen dieser Hand gehe ich zu Gaubrey ... Wenn er schläft, berühre ich sie manchmal ... Früher war sie viel wärmer. Monsieur Garric, wer so etwas zulassen konnte, ist ein Unmensch!»

Sie war schön in ihrem Zorn. Ich spürte, daß die Liebe aus ihr sprach, und verabschiedete mich verlegen.

«Auf Wiedersehen bei der Vernissage ... Geben Sie weiter auf Gaubrey acht! Ich habe mich gefreut, Sie zu sehen, Régine.»

Überrascht, ein wenig geschmeichelt lächelte sie mich an und suchte nach einem freundlichen Wort. Auch ich hätte gern noch etwas hinzugefügt. Wir wußten nicht, wie wir auseinandergehen sollten. Wir waren plötzlich verlegen. Unbeholfen und schüchtern standen wir uns gegenüber.

«Nochmals vielen Dank», sagte sie linkisch.

Ich ging. Ich war sicher, daß sie mir nachschaute und ärgerte mich über mich selbst.

Zu Hause fand ich einen Brief des Galeriebesitzers. Er bat mich, am übernächsten Tag zu ihm zu kommen, um mit ihm die Vernissage zu besprechen.

Bald befaßte ich mich nur noch mit dieser Ausstellung. Ich wollte Gaubrey helfen und setzte mich mit den Persönlichkeiten in Verbindung, an die Massart selbst nicht herankommen konnte. Ich hatte alle Hände voll zu tun. Éramble war mir bei der Arbeit sehr behilflich. Wir trafen uns abends zu langen Besprechungen bei ihm in seiner Firma, nachdem die Angestellten gegangen waren. Die weitläufigen, menschenleeren Ausstellungsräume mit den vielen Möbeln wirkten im düsteren Licht der Nachtbeleuchtung ein wenig unheimlich.

Éramble zeigte mir Zeitungsausschnitte und Artikel, die er in einem Umschlag mit der Aufschrift *Ausstellung Gaubrey* aufbewahrte.

«Der Kerl beginnt mich zu interessieren», erklärte er und steckte sich eine Zigarre an. «Erstens einmal, weil er ... na, im gleichen Boot sitzt, ja? Und dann ... also, ich hab eine Nase für so was ... Gaubrey wird es zu etwas bringen. Die Gelegenheit darf man sich nicht durch die Lappen gehen lassen. Bilder sind eine gute Investition. Ich bin bereit, ihm ein Dutzend abzukaufen, nur um die Preise hochzutreiben.»

Gemeinsam besuchten wir Gaubrey. Er stand vor der Staffelei und malte, die Zigarette im Mundwinkel, die Flasche griffbereit. Er kümmerte sich nicht um uns; er stierte stumpf auf die Leinwand. Seine Bilder glichen sich alle; sie waren völlig abstrakt, aber ich glaubte immer, faulige Verwesungsprozesse zu sehen, eine Welt von zähflüssigen, triefenden Klecksen, die mich an zerfallendes Zellplasma unter dem Mikroskop erinnerten, an braunrote Blutgerinnsel und schleimig-weiße Quallen. Diese gallertartigen Gebilde schienen von flirrenden Lichtern belebt, vor denen ein trüber Qualm hing, der sie dämpfte. Gaubrey hatte innerhalb kürzester Zeit einen eigenen Stil gefunden, der mit seinen ersten Versuchen nach der Operation nichts mehr gemein hatte. Er malte schnell, den Mund zu einer eigentümlich spöttischen Grimasse verzogen; mit sicherer Bewegung warf er einen Tupfer Grau oder schmutziges Blau auf die Leinwand, zog eine scheinbar sinnlose Linie quer über das Bild, aus der sofort dickflüssige Farbnasen nach unten zu verlaufen begannen.

Éramble trat zwei Schritte zurück, neigte den Kopf zur Seite und runzelte die Brauen. «Er hat was los», flüsterte er mir zu. «Ich weiß nicht, woran es liegt – wahrscheinlich die Farbgebung ... Es ist häßlich, aber phantastisch.»

Ich schielte zu ihm hinüber, aber er sprach offenbar im Ernst. Er hatte seine Wahnvorstellung vergessen; er dachte nicht mehr an sein Bein, sondern addierte im Geist Zahlen.

Gaubrey wandte sich nicht einmal um, als wir gingen.

«Man muß ihn als Sensation lancieren», rief Éramble ganz aufgeregt. «Verlassen Sie sich auf Massart!»

Ich wiederholte nochmals alle meine Weisungen: kein Wort zuviel vor den Journalisten! Gaubrey hatte einen Unfall gehabt, und man hatte ihm den Arm, so gut es ging, wieder zusammengeflickt; das war die offizielle Version. Dagegen durfte jeder nach Belieben das Werk des Malers kommentieren. Übrigens war die Diskussion bereits lange vor der Vernissage in vollem Gange. Manche Kritiker behaupteten, das Ganze sei nichts als Bluff. Andere wieder sprachen von ‹Gaubreyscher Weltschau›. Éramble rieb sich die Hände. Ich pendelte nur noch zwischen Galerie und Klinik hin und her; in meine Wohnung kam ich praktisch nur noch zum Schlafen. Ich mußte Nérisse überreden, zur Eröffnung der Ausstellung zu kommen. Er fürchtete sich vor einer Gesellschaft, wo es sicherlich von Anwälten, Richtern und Journalisten nur so wimmeln würde. Ich wollte ihm nicht sagen, daß dieser letzte Test notwendig war; er hätte sich nur noch mehr gesträubt. Ich mußte an seine Gefühle appellieren: «Gaubrey braucht uns ... Wenn er Sie nicht sieht, wird er glauben, Sie lassen ihn im Stich ...» und so weiter. Um ihn vollends zu beruhigen, schlug ich ihm vor, eine dunkle Brille zu tragen; dazu sein Bart – er würde völlig unkenntlich sein. Er sollte während des größten Andrangs erscheinen und eine Viertelstunde bleiben, nur um Gaubrey zu gratulieren. Selbstverständlich würde Marek mit seinem Arztköfferchen dabei sein – man konnte schließlich nie wissen ... Nérisse kam sich ganz verloren vor, sobald der Professor nicht in der Nähe war.

Marek wollte Nérisse zuerst nicht gehen lassen; als er aber hörte, daß auch Régine kommen würde, erklärte er sich sofort einverstanden. Régine hatte Nérisse nur schlafend gesehen. Wenn sie ihm in aller Öffentlichkeit begegnete, würde sie sich kaum getrauen, Dinge zu sagen, die ihn verwirren konnten, und ihr eigener Schock würde vielleicht in dem Trubel geringer sein – zumindest war sie unter all den Menschen gezwungen, sich zusammenzunehmen. Marek hoffte, daß Régine Abstand gewinnen und sich nachher nicht mehr im bisherigen Maß für Nérisse interessieren würde. Ich versuchte mir einzureden, daß sie auf diese Weise Myrtil vielleicht leichter vergessen könnte.

Was geht dich das eigentlich an, ob sie diesen Myrtil vergißt oder nicht? Als ob ich nicht schon genug um die Ohren hatte! Wer war sie denn? Die Geliebte eines Mörders. Eine kleine Nutte, die aus dem Gefängnis kam ... *Genau der richtige Umgang für den engsten Mitarbeiter des Polizeipräfekten!* Ich machte mir klar, daß ich mich zusammennehmen mußte. Daß es so nicht mehr weiterging. Und ich brannte darauf, sie wieder zu sehen und diesen Myrtil aus ihrem Gedächtnis zu löschen ... Jawohl: Myrtil auszulöschen. Das war meine Aufgabe. Seit Wochen kämpfte ich gegen Myrtil. Wenn die Vernissage ein Erfolg war, würde dies mein erster Sieg über ihn sein. Gaubrey würde wieder Freude am Leben haben, und das würde auf die anderen abfärben, auf Mousseron und Éramble zumindest ... Und vielleicht würde sich dann alles normalisieren. Auch mein Privatleben.

Und dann war der große Abend da. Ich holte Éramble ab. Als wir ankamen, herrschte in der Galerie bereits ein ziemliches Gedränge.

«Es klappt!» flüsterte uns Massart zu.

Gaubrey ging geistesabwesend von einer Gruppe zur andern. Er war der einzige, der die Bilder überhaupt nicht anschaute. Eine raffinierte Beleuchtung brachte die vierzig Gemälde sehr gut zur Geltung. Sie zwangen einen, davor stehenzubleiben und sich Fragen zu stellen: Ist dieser Gaubrey ein Witzbold, ist er naiv oder verrückt, oder ist er ganz einfach ein Stümper? Ich bemerkte Régine, ließ Éramble stehen und bahnte mir einen Weg zu ihr.

Wo hatte sie gelernt, sich mit solch schlichter Eleganz zu kleiden? Ich machte ihr ein Kompliment, und sie errötete vor Freude. Wir schlenderten durch die Säle, die sich mehr und mehr füllten. Im Vorbeigehen grüßte ich Bekannte und protzte hinterher Régine gegenüber mit ihnen. Ich fand mich selbst ziemlich kindisch. Massart stellte Gaubrey den wichtigsten Leuten vor und eilte noch wichtigeren Neuankömmlingen entgegen. Im Vorbeieilen rief er mir zu:

«Wir haben's geschafft!»

Es wurde immer mühsamer, sich durch die Menge zu schieben. Wir fingen Gesprächsfetzen auf: «Unglaublich, wie er ... doch ein einziges Geschmier, ich bitte Sie! Das könnte ich auch, wenn ... soll ja schon fünf Entziehungskuren ... einfach faszinierend ... lieber bald – die Preise werden rasch steigen ... erst nach dem Unfall; vorher nur ganz mittelmäßig ... Bluff, sag ich Ihnen!» Éramble trat zu uns und gab uns einen Lagebericht:

«Sie sind sich noch nicht einig, ob er Talent hat, aber sie finden ihn hinreißend.»

Der grelle Schein der Blitzlichter widerspiegelte sich in Régines Augen. «Ich bin so froh ... Wenn er Erfolg hat, verdankt er es René.»

Ich wollte ihr antworten, als ich neben uns Marek und Nérisse entdeckte. Régine bemerkte sie im selben Augenblick wie ich. Ihre Hände begannen zu zittern.

Marek verneigte sich. «Monsieur Nérisse ... Mademoiselle Régine Mancel.»

Régine klammerte sich an meinen Arm. Nérisse begrüßte sie zerstreut.

«Ich bin müde», sagte er. «Kann ich mich irgendwo setzen?»

«Ich glaube, ganz hinten gibt's Stühle», sagte Marek.

Er führte Nérisse fort. Régine blickte dem Gesicht nach, das ihr kein Lächeln geschenkt hatte, diesem Kopf, der ebenso anonym war wie alle übrigen Köpfe hier.

«Wie sollte er Sie erkennen, Régine?» sagte ich leise. «Er hat Sie ja noch nie gesehen ... Wenn Sie ein Haus kaufen, kennen Sie ja auch nicht unbedingt die Leute, die vor Ihnen darin gewohnt haben, nicht wahr? Myrtils Kopf ist das neue Haus, in dem Nérisses Gedanken wohnen.»

«Jaaa ...» murmelte sie gedehnt. «Es muß wohl so sein ... Ich glaube, ich begreife allmählich. Gehen wir!»

Ihr Vorschlag kam mir sehr gelegen. Die Ereignisse nahmen eine Wendung zum Besseren. Bevor wir gingen, wollte ich mich von Massart verabschieden und Gaubrey beglückwünschen.

«Warten Sie hier auf mich, Régine – ich bin sofort wieder da, und dann brechen wir auf.» Ich stürzte mich ins Gewühl.

Mousseron kam auf mich zu und sagte mit einem Anflug von Neid: «Stimmt es, daß man ihm eine Ausstellung in London vorgeschlagen hat?»

«Keine Ahnung ... Wo ist er überhaupt?»

Mousseron deutete vage in eine Richtung. Mühsam bahnte ich mir einen Weg zum zweiten Saal, wo die wildesten Bilder aufgehängt waren. Ich kämpfte mich zu Massart durch, der sich vertraulich mit zwei Herren unterhielt – in englischer Sprache.

«Er ist in meinem Büro im zweiten Stock», antwortete er auf meine Frage. «Er wollte etwas verschnaufen.»

Ich ging weiter. Der Abbé winkte mir von weitem und versuchte vergeblich, zu mir vorzudringen. Ich bedeutete ihm, nach hinten zu kommen, und schob mich durch eine Gruppe exaltierter Damen. «. . . wohl auch Picasso billiger werden, nachdem dieser . . .» schnappte ich auf.

Da tauchte Leviret neben mir auf. Ich nahm ihn beim Arm.

«Ich kenne den Weg. Kommen Sie!»

Der Abbé wischte sich mit dem Taschentuch die Stirne ab. «Also wirklich, ein unerwarteter Erfolg. Ich hätte es nicht für möglich gehalten . . . Sagen Sie mal ganz ehrlich – ist das Malerei oder nur Geschmier?»

«In zwei Jahren werden wir es wissen . . . Hier durch.»

Dann standen wir vor dem Büro. Der Lärm von unten drang noch stark bis zu uns. Ich klopfte an.

«Wenn er antwortet, werden wir's kaum hören bei dem Krach», meinte Leviret.

Ich stieß die Tür auf und blieb erstarrt stehen.

«Mein Gott!» stammelte der Abbé.

Gaubrey lag neben dem Schreibtisch. Seine linke Wange war blutverschmiert und erinnerte ein wenig an seine Bilder. Auf dem Teppich lag ein Revolver.

«Er hat sich . . .» Es war meine Stimme, aber ich merkte es nicht gleich. Ich las, was auf dem Skizzenblock stand, der auf dem Schreibtisch lag:

Ihr kotzt mich an.

«Meine Schrift!» rief der Abbé aus. «Ich schreibe jetzt genauso . . .»

Er kniete nieder, nahm die Hand des Toten; dann neigte er den Kopf und begann zu beten. Ich war unfähig, mich zu rühren. Jetzt auch Gaubrey . . . Alles stürzte zusammen. Und unten schwärmten die Leute von seinem Talent! Der Abbé erhob sich. «Man muß den Professor rufen», sagte er. «Ich hole ihn. Und auch Monsieur Massart.»

Verdattert ließ ich ihn gehen. Dann bückte ich mich und betrachtete die Waffe, ohne sie zu berühren. Es war ein kleiner Revolver mit kurzem Lauf. Er sah frisch geölt aus. Gaubrey hatte sich wohl schon lange mit der Absicht getragen . . . Hatte ihm nichts an einem Erfolg gelegen, den er der Hand eines andern verdankte? Dem gestohlenen Erfolg? Auf dem Schreibtisch lag ein Vertrag. Gaubrey hatte ihn nicht mehr unterschrieben.

Als der Präfekt vom Selbstmord Gaubreys erfuhr, ließ er mich zu sich rufen. Er war bestürzt und aufgebracht. Ungeduldig hörte er mir zu und unterbrach mich ständig.

«Sind Sie sicher, daß niemand gesehen hat, wie Sie die Leiche abtransportierten?»

«Ganz sicher, Monsieur le Préfet. Wir sind durch Massarts Wohnung gegangen und verließen das Haus durch den Dienstbotenausgang. Marek hat die Leiche mitgenommen. Wir sind keinem Menschen begegnet.»

«Und was haben Sie den Leuten gesagt?»

«Massart hat ganz einfach erklärt, Gaubrey sei es schlecht geworden und man hätte ihn in ein Krankenhaus gebracht. Natürlich gab's eine große Aufregung, aber Massart hat sich sehr geschickt aus der Affäre gezogen. Er konnte sogar die Presseleute abwimmeln. Und hinterher, als alle gegangen waren, teilte er seinen nächsten Freunden mit, daß sich Gaubrey umgebracht hatte.»

«Aber . . . aus welchem Grund?»

«Er erzählte, Gaubrey habe an einer unheilbaren Krankheit gelitten und seinem Leben am Höhepunkt seiner Karriere ein Ende setzen wollen . . . Wir haben uns die Geschichte gemeinsam ausgedacht. Ich weiß, sie ist nicht genial, aber mir wächst die Sache allmählich über den Kopf, Monsieur le Préfet . . .»

Mit einer unwirschen Handbewegung unterbrach er mich. «Und was ist mit dieser Régine? Hat sie Ihr Märchen geglaubt?»

«Nein. Sie kennt ja die Wahrheit ohnehin. Sie zerbricht sich auch den Kopf, sucht nach einer plausiblen Erklärung . . .»

Der Préfet hieb mit der Faust auf den Schreibtisch. «Na Gott sei Dank – wenigstens ein Mensch, der nach einer plausiblen Erklärung sucht», knurrte er. «Haben Sie nicht das Gefühl, daß es eigentlich Ihre Sache wäre, die zu finden? Da ist doch etwas faul, Garric! Das ist ja eine Epidemie!»

«Pardon, Monsieur le Préfet, aber Sie selbst . . .»

Er ließ mich nicht ausreden. «Ja, ich weiß – zuerst habe ich auch gemeint, daß zwischen diesen Selbstmorden und der Transplantation kein Zusammenhang besteht . . . Na und? Ich habe mich eben geirrt! Ein Selbstmord – schön und gut; zwei Selbstmorde gehen auch noch an. Aber gleich drei . . . Mann Gottes, das ist doch kein Zufall mehr. Aber was ist es dann?»

Ich schwieg. Was sollte ich entgegnen?

«So antworten Sie doch, Garric!» brüllte er plötzlich los. «Sie sind der einzige Mensch, der Überblick hat über die Geschichte, verdammt noch mal! Sie haben doch die Nase mitten drin!»

Auf diese Vorwürfe war ich schon längst gefaßt gewesen. Ich schluckte sie hinunter. «Monsieur le Préfet», sagte ich ruhig, «wenn zwischen diesen drei Selbstmordfällen ein Zusammenhang besteht ...»

«Na, Sie sind vielleicht gut! Natürlich besteht da ein Zusammenhang!»

Ich sah ihn an und sagte nichts.

Er merkte, daß er zu weit gegangen war. «Entschuldigen Sie bitte, Garric. Aber diese Geschichte wächst mir einfach über den Kopf.»

«Das kann ich Ihnen bis zu einem gewissen Grad nachfühlen», bemerkte ich bissig.

Er ignorierte die Ironie. «Gut also; wenn da ein Zusammenhang besteht ...?»

«Es kann nur an der Transplantation liegen. Und da gibt es zwei Möglichkeiten: Entweder hat sie bei den drei Opfern ein Trauma hervorgerufen, und sie hielten sich für ... Na, für so etwas wie die Dame ohne Unterleib. Das ist die psychologische Erklärung. Oder es ist etwas von Myrtil in jeden der sieben übergegangen ... Er hat sie auf irgendeine unerklärliche Weise mit seiner Todessehnsucht infiziert ... Es klingt nicht sehr nach exakter Naturwissenschaft, ich gebe es zu.»

Andreotti erhob sich und schritt auf und ab, die Hände auf dem Rükken. Nicht ohne Genugtuung stellte ich fest, daß er auch einmal ratlos war. So fuhr ich schadenfroh fort:

«Meiner Meinung nach ist die erste Hypothese hinfällig, weil Gaubrey keinen Grund hatte, sich umzubringen. Bleibt noch die zweite.»

Der Präfekt bewahrte nur mit Mühe die Fassung. «Das ist doch nicht Ihr Ernst!» sagte er. «Was meinen Sie mit dieser ‹Todessehnsucht›? Wie kann man etwas, das der Welt der Gedanken und Vorstellungen angehört, in den Körper übertragen? Daß ein amputiertes Glied noch eine Zeitlang gewisse motorische Reflexe beibehält, kann ich verstehen. Aber daß es von einem Wunsch, von einem Willen beseelt wird ... Nein! Also beim besten Willen ... Und selbst wenn es so wäre, Garric, selbst dann ist Ihre Hypothese Humbug: weil nämlich Myrtil keineswegs die Absicht hatte, sich das Leben zu nehmen. Er wollte nur seine Verbrechen sühnen und Buße tun ... Myrtil wollte sich nicht zerstören. Myrtil wollte sich verschenken!»

Ich wollte etwas sagen, aber er ließ mich nicht zu Worte kommen.

«Übrigens», fuhr er fort, «warum soll Gaubrey keinen Grund zum Selbstmord gehabt haben. Ein Mann, der trotz größtem Fleiß nicht zum Durchbruch kommt. Erst als er plötzlich nicht mehr malen kann und in seiner Verzweiflung wild drauflos pinselt, wird er über Nacht reich und berühmt ... Das kann doch den festesten Charakter ins Wanken bringen, oder nicht? Und dann auf einmal kommt er dahinter, daß er sich getäuscht hat, daß es nichts mit seinem Talent zu tun hat, daß alles nur Bluff und Reklame ist ... Sein Erfolg widert ihn an – hat er das nicht selber geschrieben, bevor er starb? Ich kann diesen Menschen verstehen, Garric.»

«In dem Fall unterstützen Sie meine erste Hypothese, und wir brauchen uns nicht weiter den Kopf zu zerbrechen. Dann muß man wohl davon ausgehen, daß die Transplantation gewisse negative Empfindungen und Vorstellungen verstärkt, die aber vorher schon im Patienten vorhanden waren ... Hoffen wir, daß die vier andern ihr seelisches Gleichgewicht bewahren.»

Wir starrten uns feindselig an. Wir ahnten beide, daß wir uns in einem Teufelskreis bewegten, daß die Dinge tatsächlich viel komplizierter lagen und daß wir eine ‹Erklärung› für ein Phänomen konstruiert hatten, daß sich eben nicht erklären ließ.

«Hohe Regierungsstellen messen Mareks Arbeiten eine große Bedeutung bei», sagte der Präfekt schließlich. «Diese drei Selbstmorde werden sehr mißbilligt; einen vierten können wir uns einfach nicht leisten ... Wie geht es den Überlebenden?»

«Nérisse geht es schlecht. Jeder Todesfall löst bei ihm Depressionen aus.»

«Nérisse – das ist doch der Kopf, nicht wahr?»

«Ja. Möglich, daß er darum alles heftiger empfindet als die andern. Ich weiß es nicht. Jedenfalls wird er von Marek überwacht und ist folglich in Sicherheit. Der Abbé ist auch nicht gefährdet; ihm hilft sein Glauben. Der kleine Mousseron kümmert sich nur um seine Karriere und hat keine Zeit zum Grübeln ... Ja, und dann Éramble. Bei ihm habe ich gewisse Bedenken.»

«Was wollen Sie tun?»

«Was kann ich tun? Soll ich ihn etwa Tag und Nacht bewachen? Nach Simone Gallarts Tod war ich eine ganze Woche lang bei ihm wie bei einem Schwerkranken. Aber jetzt würde er mich wahrscheinlich hinauswerfen, wenn ich auf ihn aufpassen wollte.»

Der Präfekt überlegte, dann zuckte er die Achseln. «Wie Sie es anstellen, das ist Ihr Problem, Garric. Aber es darf ihm nichts zustoßen. Ist das klar? Ich wiederhole nochmals: Sie haben freie Hand. Sobald Sie es wünschen, kommen wir Ihnen zu Hilfe. Alles andere ist Ihre Sache.»

Die Unterredung war beendet. Sie hatte zu nichts geführt. Nur eines war mir klar: Meine Karriere hing davon ab, daß es keinen weiteren Selbstmord unter Myrtils ‹Erben› gab.

Gaubrey wurde in aller Heimlichkeit auf dem Friedhof Montparnasse beigesetzt – es war gar nicht so einfach zu arrangieren gewesen, aber ich hatte keine Lust, mich mit der Presse herumzuschlagen. Diesmal wirkte Régine von uns allen am wenigsten mitgenommen. Die ‹ratenweise Beerdigung› von Myrtil, wie Mousseron es bissig nannte, berührte sie nicht mehr. Dagegen waren Mousseron und Éramble sehr bedrückt.

«Mir kommt's vor, als hätten wir alle die Pest», flüsterte mir Éramble zu, während der Abbé, der stark abgenommen hatte und in dessen Gesicht tiefe Furchen standen, ein kurzes Gebet herunterhaspelte.

«Wenn man nicht will, bringt man sich nicht um», antwortete ich ebenso böse.

«Da bin ich nicht so sicher. Ich habe das Gefühl, den Keim in mir zu tragen. Und er wächst langsam.»

«Hören Sie auf! Sie dürfen nicht an so etwas denken!»

«Aber ich denke es – was soll ich dagegen tun?»

Und was sollte *ich* dagegen tun? Ich begriff, daß alle Diskussionen, Ratschläge und Ermahnungen sinnlos waren. Nach der Beerdigung lud ich alle in ein nahe gelegenes Café ein. Es war eine kleine Gesellschaft: Régine, der Abbé, Éramble, Mousseron, Marek und ich. Nérisse hatte sich geweigert, die Klinik zu verlassen. Nur dort fühlte er sich geborgen.

«Er zeigt jetzt Symptome der Platzangst», berichtete Marek. «Er wagt nicht einmal, quer durch ein Zimmer zu gehen. Er drückt sich immer an den Wänden entlang.»

«Warum denn?» fragte ich.

«Er fürchtet sich. Platzangst ist immer ein Zeichen für eine schwere Angstneurose.»

Ich sah, wie Érambles Hände zitterten. Ich sah, wie der Abbé stumm die Lippen bewegte.

«Vielleicht sollten wir alle unsere Freunde vorläufig noch als krank betrachten, Herr Professor», meinte ich. «Schließlich ist die Angst in gewissen Erscheinungsformen auch eine Krankheit – Nérisse beweist es uns. Wäre es nicht sinnvoll, sie wieder in die Klinik aufzunehmen?»

Es erhob sich allgemeiner Protest; einzig der Professor verwarf meinen Vorschlag nicht. Wir diskutierten hin und her und einigten uns schließlich darauf, uns jeden Abend um neun Uhr zu einem ‹Lagebericht› in der Klinik zu treffen. Jeder sollte erzählen, was er im Laufe des Tages gemacht hatte und alle seine Gedanken und Befürchtungen mitteilen; anschließend sollte jeder gründlich untersucht werden. Falls Marek dabei etwas Verdächtiges entdecken sollte – eine übermäßige Nervosität, auffallende Müdigkeit oder dergleichen –, konnte er den Patienten zur Beobachtung in der Klinik behalten. Das war eine vernünftige Lösung. Ein wenig erleichtert gingen wir auseinander.

Ich nahm Régine im Wagen mit. Sie fühlte sich in meiner Gesellschaft wohl, das merkte ich. Ich behandelte sie rücksichtsvoll und mit Respekt, und sie war mir dafür dankbar. Sie kleidete sich nicht mehr schwarz. Wir unterhielten uns zwanglos. Ich half ihr, von Myrtil loszukommen, indem ich jede Gelegenheit wahrnahm, um sie über ihn auszufragen. Während der Beerdigung war mir eine verrückte Idee gekommen, die ich näher untersuchen wollte.

«Sie sagen, Myrtil hat immer allein ... eh, gearbeitet», begann ich. «Er hatte nur hie und da Komplicen, die er bezahlte ... Das stimmt doch?»

«Ja. Warum?»

«Einen Augenblick noch ... Welche Gefühle hatten diese Komplicen ihm gegenüber?»

«Na, sie bewunderten ihn natürlich. Jedermann in der Branche bewunderte ihn. Sie wären für ihn durchs Feuer gegangen.»

«Auch Leute, die ihn vielleicht gar nicht persönlich kannten?»

«Ja, die auch ... Sehen Sie, René war in seinem Fach ungefähr dasselbe, was Aznavour auf dem Gebiet des Chansons ist, verstehen Sie?» Sie lächelte; sie fand es immer komisch, wenn meine ‹Branchenunkenntnis› offenbar wurde.

«Könnte es sein, daß Myrtil im Gefängnis einem andern Häftling mitgeteilt hat, daß er seinen Körper der Medizin vermachen wolle?»

Régine runzelte die Stirn. «Nein ...» sagte sie langsam. «Wohl kaum. René hatte nicht die Gewohnheit, sich anderen anzuvertrauen. Das habe ich Ihnen sicher schon gesagt.»

«Aber rein technisch wäre es doch möglich gewesen?»

«Das schon. Die Wände in den Gefängnissen haben Ohren.»

«Hm, ja ... Régine, halten Sie es für denkbar, daß jemand Myrtil rächen wollte? Jemand, der Myrtils Vorhaben kannte, aber glaubte, er habe sich nur unter Zwang bereit erklärt?»

Sie lachte leise. «Ich hätte Ihnen gar nicht soviel Phantasie zugetraut ... Aber das klingt doch sehr an den Haaren herbeigezogen. Sehen Sie mal: Erstens hat René bestimmt niemand etwas davon gesagt; da bin ich ganz sicher. Angenommen, er hätte es aber doch getan – keiner hätte dann gewagt, seinen Entschluß anzutasten. Nein, nein ... Ihn rächen? Warum denn? Und wenn die Ärzte gegen seinen Willen über seinen Körper verfügt hätten, dann hätten sie es René wohl kaum vorher auf die Nase gebunden. Dann hätte er es also auch niemand sagen können, nicht wahr? Außerdem – selbst wenn es da einen geheimnisvollen Rächer gäbe: Wie hätte er Ihre Freunde ausfindig machen sollen?»

«Dazu brauchte er nur Ihnen nachzuspionieren, Régine.»

Régine fuhr herum. «Wollen Sie etwa behaupten, daß ich ...»

Sie sah sehr schon aus, wenn sie zornig war.

Ich legte ihr besänftigend die Hand auf den Arm. «Nein, Régine. Sie haben nichts damit zu tun, das weiß ich. Nicht unmittelbar. Aber schließlich kennt man Sie in gewissen Kreisen. Und wenn sich etwa jemand den Spaß gemacht hat, Ihnen zu folgen, dann weiß er mittlerweile wahrscheinlich, was hier gespielt wird. Dann kennt er die drei Gräber, die Klinik ...»

Sie wurde schneeweiß. «Ist das Ihr Ernst?»

Ich zuckte die Achseln. Ich wußte selber nicht genau, ob das mein Ernst war. Ertrinkende sind nicht wählerisch, was Strohhalme angeht.

«Da ist auch noch dieser Revolver», bohrte ich hartnäckig weiter. «Wußten Sie, daß Gaubrey einen Revolver besaß?»

«Nein, aber ... Wissen Sie, in den Bars, in denen er verkehrte, kann man sich so etwas mit Leichtigkeit verschaffen. Der Revolver beweist gar nichts. Und außerdem ... Sie haben mir eben wirklich Angst gemacht, Monsieur Garric; man hätte mir tatsächlich folgen können; ich habe nicht darauf geachtet. Aber können Sie sich vorstellen, daß jemand mit einem Revolver in der Tasche in der gerammelt vollen Galerie herumläuft und auf eine Möglichkeit wartet, Gaubrey über den Haufen zu schießen? Ich bitte Sie!»

Das war allerdings ein schwer zu widerlegendes Argument. Überdies, als Jumauge sich erschoß, war ich praktisch dabeigewesen. Und niemand hatte Simone Gallart gezwungen, das ganze Fläschchen auszutrinken.

Ich suchte vergeblich nach einem freien Parkplatz. Als ich keinen fand, fuhr ich weiter zur place Clichy.

«Ich kann es ja auch nicht verstehen», gab sie zu. «Er war im Grunde ein Kleinbürger und kein richtiger Künstler. Er hat mir einmal verraten, was er am liebsten gemalt hätte: Blumensträuße, Porträts oder altmodische Stilleben, eine Pfeife neben der Zeitung, eine Karaffe und einen Fisch ... Das Zeug, das er zuletzt zusammengepinselt hat, fand er abscheulich. Es hat ihn ganz krank gemacht. Vielleicht hat er deshalb ...» Sie ließ den Satz in der Luft hängen.

Ich seufzte. Meine schöne Theorie war in sich zusammengebrochen. «Na schön ... Reden wir von etwas anderem: Wann darf ich Sie wiedersehen?»

«Ich werde Sie noch ins Gerede bringen.»

«Ich bin außer Dienst.»

Wir verabredeten uns auf den folgenden Tag.

Warum sollte ich mir etwas vormachen? Dieses Mädchen gefiel mir immer besser. Ich wußte, daß ich mit dem Feuer spielte. Was wäre, wenn ich ... Ebensogut hätte ich gleich den Dienst quittieren können. Dabei fragte ich mich, ob ich sie überhaupt bemerkt hätte, wenn sie nicht René Myrtils Geliebte gewesen wäre – ich wußte es nicht. Ich wußte auch nicht, ob ich sie liebte. Ich wollte sie haben. Zum erstenmal im Leben zweifelte ich an meiner Charakterstärke. Man hatte mich mit einer außerordentlich wichtigen Aufgabe betraut, und ich ließ mir von einem Mädchen, das frisch aus dem Gefängnis kam, den Kopf verdrehen ... Diese Überlegung brachte mich wieder zu Sinnen. Ich ging nach Hause, fest entschlossen, mir meine Aufzeichnungen vorzunehmen und auf dieser Grundlage die Rache-Theorie noch einmal zu überdenken. Ob sie unsinnig war oder nicht – ich hatte keine andere.

Aber zu Hause erwartete mich der junge Mousseron. Ich sah sofort, daß etwas mit ihm nicht stimmte. Ich ließ ihn eintreten.

Er sank in einen Lehnstuhl und sagte: «Es ist aus.»

«Was ist aus? Wovon reden Sie?»

«Der Gitarrist läßt uns im Stich. Und da er das Geld vorgestreckt hat, sind wir im Eimer.»

«Erzählen Sie mal schön der Reihe nach. Warum läßt er Sie im Stich?»

«Ach, wegen seiner Mutter ... Die Alte hat die Nase voll von uns. Von unseren Plänen. Sie schleppt ihn nach England mit.»

«Ist das so tragisch?»

Er sah mich an wie einen Schwachsinnigen. «Wo soll ich denn die Moneten hernehmen? Was glauben Sie, was das kostet, bis eine Band steht!»

«Aber ich dachte, der Plattenproduzent ...»

Er zuckte die Achseln. «Diese Schallplattenfritzen bescheißen einen doch vorn und hinten ... Klar, er hat gezahlt. Er zahlt auch weiter. Aber das dauert alles blödsinnig lang. Nee, nee – ohne Eigenkapital, da sind Sie verschimmelt, ehe Sie auf 'n grünen Zweig kommen!»

«Sie haben doch eine Schwester. Kann die nicht helfen?»

«Die! Die hat mich nicht mal besucht, als ich in der Klinik lag. Außerdem will sie auswandern oder so was – ich weiß es nicht genau. Es ist mir auch egal. Ich mach Schluß. Ich spring ins Wasser. Ich ...»

«Unsinn!» fuhr ich ihn an. «Sie wissen ja nicht, was Sie reden! Und nur wegen Geld ... Wieviel brauchen Sie denn überhaupt?»

«Schwer zu sagen ... Die Alte hat uns keine feste Summe versprochen. Wenn wir was brauchten, hat sie's ausgespuckt – bisher.»

«Moment, ich hab eine Idee.»

Ich ging zum Telefon und rief Éramble an. Es dauerte eine Weile, bis er begriff, was ich wollte; dann schaltete er sofort um und wurde zum mißtrauischen Geschäftsmann, der sich nicht leichtsinnig auf etwas einläßt.

«Geben Sie mir Mousseron!»

Die beiden verhandelten lange hin und her, ohne sich zu einigen. Ungehalten riß ich den Hörer wieder an mich. Éramble sagte gerade erregt:

«Aber ich kann mich doch nicht ohne jede Sicherheit ...»

«Lassen Sie ihn doch einfach den Betrag abarbeiten», unterbrach ich ihn. «Ich bitte Sie – der Bursche hat was weiß ich wie viele Semester studiert; den können Sie doch bestimmt in Ihrer Firma einspannen. Wo ist denn da das Risiko?»

Das Argument stimmte Éramble um. «Schicken Sie ihn her. Ich will sehen, was sich machen läßt.»

Der Vorsicht halber begleitete ich Mousseron. Die Diskussion dauerte über zwei Stunden; aber am Ende wurden sie sich einig. Mousseron sollte im Büro arbeiten und dafür Kost, Logis und die nötigen Vorschüsse erhalten, um die Band zu finanzieren. Ab vier Uhr nachmittags konnte er mit den andern proben; an den Wochenenden sollte er in Paris und Umgebung auf eigene Rechnung tingeln, aber Éramble behielt sich eine Beteiligung bei zukünftigen Schallplattenverträgen vor.

«Der hat ja keine Ahnung!» erklärte mir Mousseron hinterher. «Wenn's soweit ist, werd ich ihn schon los.»

Vorläufig hatte er keine andere Wahl. Widerwillig begann er schon am nächsten Tag mit der Arbeit. Ich war erleichtert. Mousseron und Éramble würden sich gegenseitig bewachen. Wenn einer von ihnen entgleiste, würde ich es sofort vom anderen erfahren.

Die folgenden Tage bewiesen mir, daß ich richtig vermutet hatte. Bald rief mich Éramble an, bald Mousseron, und eine Weile schien alles in Ordnung. Éramble hatte Mousseron spielen gehört und war genau wie ich über seine Fortschritte erstaunt. Er verlor sich bereits in großen Spekulationen. Mousseron fand den Möbelhändler ganz nett, wenn auch ein bißchen überspannt. Éramble hatte wieder begonnen, von seinem Bein zu sprechen, und von Zeit zu Zeit konnte er sich nicht verkneifen, es dem jungen Mann zu zeigen. Mousseron berichtete mir von dieser neuen Schrulle. Éramble bedauerte jetzt auf einmal, Myrtils Bein bekommen zu haben. Er war plötzlich mißtrauisch geworden und fürchtete, das Bein könnte ihm Unglück bringen. So fragte er Mousseron ständig aus; er wollte wissen, was der Junge beim Musizieren, beim Essen, bei der Arbeit und beim Schlafen empfand, und eines Tages verlangte er sogar, Mousserons Operationsnarben zu sehen.

«Der Kerl spinnt ja!» schimpfte Mousseron. «Wenn das so weitergeht, hau ich ab.»

Ich versuchte, ihn zu beruhigen. «Versetzen Sie sich doch in seine Lage . . .»

«Was soll das? Ich bin in derselben Lage! Mich haben sie schließlich auch auseinandergenommen. Aber ich denke gar nicht mehr daran. Aber er . . . Er macht sich fast in die Hose; er scharwenzelt die ganze Zeit um mich herum. Wenn ich rauchen will, verbietet er es mir: Ich muß meine Lungen schonen. Wenn ich mich nach Tisch ausruhe, schadet das meiner Zirkulation . . . Der ist doch nicht meine Kinderschwester! Ich weiß genau, worauf er hinauswill: Wenn's nach ihm ginge, müßte ich mich nackt ausziehen, damit er Mareks Arbeit besser bewundern kann.»

«Sie dürfen ihn nicht vor den Kopf stoßen, Mousseron!»

«Ich finde das einfach zum Speien!»

Schließlich gab er Érambles Bitten nach, und hinterher wurde es nur noch schlimmer. Éramble war fasziniert von dem, was er sah. Er wollte Myrtils Herz schlagen hören.

«Er hat mich richtiggehend abgehorcht und über alles ausgefragt», berichtete Mousseron. «Er ist überzeugt, daß ich den besten Teil erwischt habe. Er beneidet mich um mein Herz, sein Bein interessiert ihn gar nicht mehr ... Wenn er merkt, daß ich wütend werde, fängt er an zu flennen. Er sagt, ich hätte Myrtils Härte geerbt und würde auch so enden.»

Ich ging zu Éramble. Mousseron hatte nicht übertrieben. Der Mann war kaum wiederzuerkennen. Er fing sofort an, sich über seinen Mieter zu beklagen. Mousseron sei ein kleiner Emporkömmling, der allen auf dem Kopf herumtanze.

«Er verachtet mich. Er glaubt, er sei Myrtil. Er wirft sich dauernd in die Brust. Ich und nochmals ich, das ist alles, was er zu sagen weiß! Ich werde ihn rausschmeißen, jawohl!»

Mousseron kam ihm jedoch zuvor. Er beschloß, auszuziehen. Ich wollte vermitteln, aber es half nichts. Schließlich drängte ich Marek, etwas zu unternehmen.

«Éramble steht am Beginn einer leichten Neurose», gab er zu. «Er ist bald reif für eine Behandlung. Aber vorher möchte ich sehen, wie er reagiert, wenn ihn Mousseron verläßt.»

«Vielleicht ist es dann zu spät», wandte ich ein.

Aber Marek hielt meine Bedenken für übertrieben.

Der Tag, an dem Mousseron ausziehen sollte, rückte näher. Éramble wurde zusehends nervöser.

«Alle verachten mich», stöhnte er. «Mousseron, vorher Simone ... Und jetzt auch Sie, Garric. Warum habt ihr mich nicht auf der Straße verrecken lassen?»

Am Vorabend von Mousserons Auszug trafen wir uns wie gewöhnlich in der Klinik. Ich war fest entschlossen, den Professor zu zwingen, endlich einzugreifen. Auch der Abbé war beunruhigt und bereit, mich zu unterstützen. Mousseron erschien um neun Uhr. Er kam allein. Außer Éramble fehlte auch noch Marek, der sich um Nérisse kümmern mußte.

Mousseron wollte sich nicht umstimmen lassen. Er habe es satt; er werde sich schon allein durchschlagen. Er sei schließlich kein Kind mehr und habe keine Lust, sich noch länger von diesem ‹Möbel-Nero› tyrannisieren zu lassen ... Wir diskutierten lange.

Plötzlich stand Marek im Zimmer; keiner hatte ihn eintreten hören. Er berichtete, daß es Nérisse besser gehe. Er hoffe, bald mit einer neuen Behandlung beginnen zu können. Jemand bemerkte, daß es schon bald zehn sei und Éramble immer noch fehle.

«Er will uns bestrafen», meinte der Professor. «Eine typische Reaktion ... Aber ich kann ihn ja anrufen, wenn Sie wollen.»

«Bitte, Herr Professor», sagte ich.

Er versuchte es mehrmals, aber es meldete sich niemand. Ich befürchtete sofort das Schlimmste. Ich versuchte es selbst noch einmal. Keine Antwort. Jetzt schien auch Marek besorgt.

«Gehen wir hin», schlug ich dem Abbé vor.

«Als ich um vier Uhr wegging, war er so wie immer», versicherte Mousseron. «Eher ruhiger ... Sicher will er uns nur Angst einjagen.»

Wir kletterten in Mareks Buick und fuhren los. Leviret drückte sich in eine Ecke des Wagens und ließ die Perlen seines Rosenkranzes durch die Finger gleiten. Seine Lippen bewegten sich lautlos – ich sah es, als wir bei rotem Licht neben einer Straßenlaterne hielten.

Die lange Schaufensterfront wurde durch ein Metallgitter geschützt. Einige Wandleuchter erhellten die ausgestellten Möbel und die dahinter liegenden Zimmer, wo Büfetts, Schränke und Betten im Halbdunkel standen. Mousseron schloß auf, und wir traten ein. Es roch nach Bohnerwachs, Möbelpolitur und fast unmerklich nach Honig. Im Vorbeigehen fuhr ich mit den Fingerspitzen über die glatten, feinen Hölzer.

«Er ist sicher hinten», meinte Mousseron.

Rechts waren hinter roten Samtkordeln Eßzimmer ausgestellt, links Kücheneinrichtungen; dann kamen Salons, die von Schaufensterpuppen bewohnt waren.

«Das ist neu!» bemerkte ich.

«Ja», sagte Mousseron, «angeblich soll es zum Kaufen anregen. Seit einiger Zeit ist er ganz verrückt nach Puppen. Er fingert ständig an ihnen herum ... Achtung, die Stufe!»

Wir erreichten die hintersten Räume.

«Das Brautgemach», grinste Mousseron. «Das ist sein ganzer ...» Er brach ab und blieb mit einem Ruck stehen.

Marek, der hinter ihm ging, prallte gegen ihn. Dann übersah er die Situation mit einem Blick.

«Stehenbleiben!» Er stieg über das Seil, das uns von den Möbeln trennte. Ich sah nur die Braut, die vor dem Bett stand. Sie hatte den Arm graziös zum Schleier hochgehoben und lächelte albern. Marek kniete auf dem Bärenfell zwischen Bett und Toilettentisch. Ich trat zwei Schritte vor und sah den zusammengesackten Körper.

«Er ist tot», stellte Marek fest.

Mousseron schob die beiden Metallständer, an denen die Kordel befestigt war, beiseite, und wir gingen vorsichtig näher heran. Éramble mußte über dem Bett zusammengebrochen sein – die Decke war blutverschmiert – und dann war er auf das Bärenfell gerollt. Er lag auf dem Bauch. Der Revolver war über den Fußboden zur Wand geglitten.

«Berühren Sie nichts!» befahl ich. «Ich gehe telefonieren.»

Mousseron führte mich ins Büro.

«Glauben Sie, daß ich schuld bin?» fragte er.

«Blödsinn!» sagte ich grob. «Wie kommen Sie auf so was?»

Er ließ sich in einen Sessel sinken, lehnte den Kopf zurück und schloß die Augen. Ich rief den Polizeikommissar an. Wieder einmal tat ich mein Bestes, um den Verwaltungsapparat so unauffällig wie möglich in Gang zu setzen. Der Kommissar versprach, gleich zu kommen. Ich ging zu den anderen zurück. Marek kniete immer noch neben der Leiche. Der Abbé saß gebrochen am Fußende des Bettes; dann sah er zu mir auf.

«Nur noch drei», murmelte er.

Ich schwieg. Es gab nichts darauf zu erwidern.

Die Braut schaute uns kokett an. Marek stand auf, schob die Hände in die Taschen und klimperte geistesabwesend mit dem Kleingeld.

«Und wenn es doch kein Selbstmord war?» meinte Leviret hoffnungsvoll.

Die Bemerkung schien Marek aufzurütteln. «Es ist eindeutig Selbstmord», knurrte er. «Die Weste ist an der Stelle, wo der Revolverlauf die Brust berührt hat, verbrannt ... Schauen Sie!» Er packte Éramble an der Schulter und drehte ihn auf die Seite. Der Stoff rings um die Wunde war versengt. «Sind Sie jetzt überzeugt?»

Er ließ den Körper los, so daß er in die ursprüngliche Lage zurückfiel. Der Kopf bumste auf den Fußboden, gedämpft durch das Fell.

«Ich verstehe nicht, warum er sich erschossen hat», murmelte Marek. «Aber man hat schon öfters beobachtet, daß sich Selbstmordfälle geradezu epidemisch häufen können ... Vielleicht haben wir es hier mit so etwas zu tun? Es sieht doch so aus, als machte es einer dem andern nach. Alle benützen einen Revolver.»

«Außer Simone Gallart.»

«Ja, stimmt. Wahrscheinlich wußte sie nicht, wie man sich eine Schußwaffe besorgt.»

«Aber das erklärt noch nichts», bemerkte der Abbé.

«Meiner Meinung nach hängt es irgendwie mit Myrtils Persönlichkeit zusammen», erklärte Marek. «Die Transplantation hat ursächlich nichts damit zu tun. Solche Operationen macht man schließlich schon seit Jahrzehnten – in kleinerem Ausmaß, das gebe ich zu; aber das ist nur ein ... wie sagt man – ein gradueller Unterschied. Und niemals sind hinterher geistige Störungen aufgetreten ... Aber es ist das erste Mal, daß man einen Verbrecher als Spender nimmt. Vielleicht ruft das im Unterbewußtsein des Patienten einen Angstzustand hervor, über den wir nichts wissen, und ...»

«Ich empfinde nichts Derartiges», unterbrach der Abbé. «Wenn Ihre Theorie begründet wäre, müßten sich auch bei mir verdächtige Symptome bemerkbar machen.»

«Vielleicht ist Ihre Niedergeschlagenheit ein erstes Anzeichen dafür.»

«Ich bin gar nicht niedergeschlagen. Nicht so, wie Sie es verstehen ... Natürlich bedrückt mich das alles. Ich habe das Gefühl, daß wir böse

Kräfte entfesselt haben, und manchmal frage ich mich, ob ich für soviel Unglück nicht auch ein wenig verantwortlich bin. Weil ich schweige ... weil ich alles hinnehme ... Aber ich glaube nicht an Ihre unterbewußten Angstzustände.»

Auf der Straße wurden Autotüren zugeschlagen. Der Kommissar und der Arzt unterbrachen unser Gespräch. Ich nahm die beiden beiseite und redete auf sie ein. Sie waren äußerst mißtrauisch. Eine Viertelstunde lang mußte ich sie bearbeiten. Sie hatten Angst vor einem Skandal, vor Disziplinarmaßnahmen, vor allem möglichen. Sie hantierten herum, untersuchten die Leiche, musterten Mousseron, den Priester und vor allem Marek argwöhnisch und stellten Fragen.

«Ich geh schlafen, Chef», erklärte Mousseron, der an der Wand lehnte. «Ich bin erledigt. Mein Zimmer ist im oberen Stock.»

Um der Diskussion ein Ende zu machen, rief ich Andreotti an und ließ ihn selbst mit dem Kommissar verhandeln. Nach einer ganzen Weile kam der Beamte wieder aus dem Büro. Er war dunkelrot im Gesicht.

«Von mir aus», schimpfte er. «Mir soll's recht sein ... Wenn das Gesetz nicht mehr Gesetz ist, kann man nichts machen ... Also los, schaffen Sie die Leiche weg!» Er wandte sich an den Arzt: «Sind Sie ganz sicher, daß es Selbstmord ist?»

«Hundert Prozent», sagte der Arzt.

«Dann haben wir also hier nichts mehr zu suchen.»

Er warf einen letzten mißtrauischen Blick auf die Braut, nickte angewidert und grüßte uns kurz.

«Helfen Sie mir», sagte ich zu dem Arzt und zu Leviret.

Wir trugen Éramble zum Wagen hinaus.

Dem Kommissar fiel noch etwas ein. «Geben Sie mir noch den Revolver», knurrte er. «Den möchte ich wenigstens in der Asservatenkammer haben.»

«Er liegt noch drin», sagte Marek und machte hilfsbereit kehrt, um ihn zu holen.

Wir warteten eine Weile vor dem Haus.

«Das dauert aber lang», meinte der Kommissar ungeduldig.

Er ging wieder ins Geschäft zurück, und ich folgte ihm. Marek kauerte auf dem Boden.

«Wo ist er hin?» murmelte er. «Er war doch eben noch ...»

«Mousseron!» rief ich erschrocken.

Eine Seitentür führte ins Treppenhaus. Ich rannte die Stufen hoch. Die Zimmertür war geschlossen, aber ein Lichtstrahl sickerte in den Flur ...

Mousseron lag auf dem Bett. Er hatte sich eine Kugel durch die Schläfe gejagt.

Der Kommissar nahm den Revolver an sich. «Kaliber 7.65», murmelte er.

Ich hätte mich um die Waffe kümmern müssen. Ich hätte Mousseron nicht aus den Augen lassen dürfen, als er unmittelbar neben ihr an der Wand lehnte ... Ich hätte vieles tun müssen. Und der Präfekt hätte sich besser einen schlichten Kriminalbeamten aussuchen sollen.

Während Marek den reglosen Körper auf dem Bett untersuchte, holte der Kommissar den Arzt. Es war zu spät. Mousseron war auf der Stelle tot gewesen. Wir trugen ihn hinaus.

Als uns der Abbé mit der Leiche herauskommen sah, bekam er einen Schwächeanfall. Der Arzt setzte ihn in seinen Citroën; ich war ehrlich gesagt froh, daß ich mich nicht auch noch um ihn kümmern mußte. Marek fuhr ebenfalls fort. Ich blieb mit dem Kommissar zurück, um noch ein paar Formalitäten zu regeln. Ich schloß die Tür ab und gab ihm den Schlüssel.

«Kann ich Sie irgendwo absetzen?»

«Ja, gern. Ich bin vollkommen erledigt.»

Er fuhr mich nach Hause. Unterwegs einigten wir uns über die Version für die Presse. Zwei Selbstmorde sind in Paris etwas Alltägliches. Niemand würde Fragen stellen.

«Und was sagen wir den Angehörigen?» fragte er.

Ich zuckte die Achseln. «Nervenzusammenbruch ... Es ist nicht einmal gelogen.»

Ich lud den Kommissar noch zu einem Drink in meine Wohnung ein. Er platzte fast vor Neugier, gab sich aber Mühe, möglichst kühl und reserviert zu scheinen. Der Höflichkeit halber war ich ihm eine Erklärung schuldig. Ich erzählte ihm, daß sich die beiden Opfer kürzlich einem komplizierten chirurgischen Eingriff hatten unterziehen müssen.

«Und die Nachwirkungen – der Schock und so ...?»

«Die Nachwirkungen.» Ich nickte. «Der Schock und so ... Aber das darf nicht bekannt werden – Anordnung von ganz oben. Na ja, das wissen Sie ja schon.»

Befriedigt, daß ich ihn ins Vertrauen gezogen hatte, wünschte mir der Kommissar eine gute Nacht und fuhr nach Hause.

Eine gute Nacht! Bis zur Morgendämmerung wanderte ich von einem Zimmer ins andere und rauchte zahllose Zigaretten. Zum hundertstenmal nahm ich jeden einzelnen Todesfall gründlich unter die Lupe und versuchte, mir die kleinste Einzelheit wieder ins Gedächtnis zu rufen. Und wieder befiel mich jenes seltsame Unbehagen, das ich jedesmal empfunden hatte: Mir war, als hätte ich etwas Wesentliches übersehen.

Es waren alles einwandfreie Selbstmordfälle, aber trotzdem ... Zu Recht oder zu Unrecht war ich der Ansicht, daß es schwerwiegendere Motive braucht, um sich umzubringen. Daß sich Jumauge getötet hatte, konnte ich noch verstehen, aber schon bei Simone begann ich zu zweifeln. Bei Gaubrey war ich sehr skeptisch, und bei Éramble und Mousseron sagte ich eindeutig: nein. Vor allem bei Mousseron, der vor Lebenslust gesprüht hatte und im Grunde ein großer Egoist gewesen war. Dazu kam seine Abneigung gegen Éramble ... Schön, dessen theatralischer Selbstmord mochte ihn trotzdem erschüttert haben. Aber deshalb den Revolver zu nehmen, mit der natürlichsten Miene der Welt hinauszugehen und sich ohne ein Wort der Erklärung eine Kugel durch den Kopf zu jagen ... Nein. Das war ein bißchen zuviel. Oder aber man mußte sich an die Theorie des Professors halten, die im Grund mit der meinen übereinstimmte: Es existierte eine geheimnisvolle Bindung zwischen den verschiedenen Körperteilen Myrtils; Jumauge hatte durch seine unüberlegte Handlung dieses Band zerrissen, und nach und nach löste sich der wiederbelebte Körper auf – der Tod von Jumauge hatte eine Art Zerstörungsprozeß ausgelöst, der immer schneller voranschritt. Nicht Myrtil war der Urheber dieser Tragödie, sondern Jumauge ... Diese Theorie mochte mangelhaft sein; wenn aber im Prinzip etwas daran war, dann waren Nérisse und der Abbé verloren. Sie lebten nur noch durch ein Wunder; der eine, weil er ständig überwacht wurde, der andere, weil er vorläufig die seelische Kraft hatte, dem Unheil Widerstand zu leisten. Aber schließlich würden sie auch unterliegen, das stand fest.

Und dann glaubte ich plötzlich einen schwachen Lichtstrahl inmitten all dieser Dunkelheit zu entdecken ... Ja, das war eine Idee! Ich versuchte, sie zu formulieren: Die fünf Opfer hatten alle dieselben Symptome gezeigt – ihre Widerstandskraft war von schweren Gewissensbissen zermürbt worden. Im Fall Jumauge lag es auf der Hand; auch bei Simone. Gaubrey hatte es nicht verwinden können, daß er vor dem versnobten Zeitgeschmack kapituliert hatte. Bei Éramble war die Sache komplizierter, aber es war klar, daß er seelisch gelitten hatte unter der Vorstellung, ein schwacher Mensch zu sein, der seiner seltsamen, morbiden Anwandlungen nicht Herr wurde. Mousseron schließlich hatte naiverweise geglaubt, an Érambles Tod schuld zu sein ... Selbst der Abbé, fiel mir plötzlich ein, hatte kürzlich einmal sinngemäß gesagt: ‹Ich frage mich, ob ich für all das Unglück nicht auch ein wenig verantwortlich bin ...› Auch er empfand also Gewissensbisse!

Ich goß mir ein großes Glas Whisky ein und stürzte es unverdünnt hinunter. Die Müdigkeit wich mit einem Schlag einem seltsamen Gefühl des Überwachseins. War das die Lösung – Gewissensbisse?

Was sind eigentlich Gewissensbisse? fragte ich mich. Ekel und Scham vor sich selber haben, Abscheu empfinden vor dem Gesicht im Spiegel, vor diesem Körper, gegen dessen Handlungen sich das Gewissen, der Geist auflehnt. Das Ich im Widerstreit physischer und psychischer Kräfte ... Wie hieß es doch in jenem deutschen Drama von dem Doktor Faust, der von sich sagt, daß er *zwei Seelen, ach, in seiner Brust* habe –

... die eine hält in derber Sinnenlust
sich an der Welt mit klammernden Organen,
die andre strebt gewaltsam aus dem Dust ...

War es das? Nistet sich die Todessehnsucht heimlich in Fleisch und Blut ein und drückt sich in Form von Gewissensbissen aus? Auch Faust macht einen Selbstmordversuch ... Gewissensbisse: War das der Schlüssel? Gewissensbisse, die wachsen und wuchern wie eine bösartige Geschwulst, vom Geist auf den Körper übergreifen und beide vergiften, bis die Tat herangereift ist? Wenn diese Überlegungen richtig waren, so konnten da sehr wohl die Motive für alle fünf Selbstmorde liegen. Hinzu kam das Phänomen des epidemisch auftretenden Selbstmordes, das Marek erwähnt hatte; hinzu kam die Tatsache, daß alle fünf nach der Transplantation ohnehin alle Kräfte gebraucht hatten, um seelisch mit dem neuen Zustand fertig zu werden ... Jumauge hätte sich wahrscheinlich in jedem Fall umgebracht. Aber sein Tod hatte eine Art Gleichgewichtsstörung hervorgerufen. So betrachtet, war die Operation zwar vom physischen Standpunkt aus gelungen; vom psychischen war sie ein Mißerfolg ...

Ich weiß nicht, wie lange ich gegrübelt hatte; das Gefühl des Hellwachseins war verflogen; ich war todmüde. Ich wußte auf einmal nicht mehr, ob meine großartige Idee wirklich so großartig war; in meinem Kopf wirbelte alles durcheinander. Physisch, psychisch ... Was hieß das überhaupt? Eines stand jedoch fest: Nérisse und Leviret waren gefährdet. Nérisse war unter sicherer Obhut. Den Abbé wollte ich gleich am Morgen unter meine Fittiche nehmen.

Ich begann mich auszuziehen, als das Telefon klingelte. Fast hätte ich die Stimme des Professors nicht erkannt.

«Nérisse hat eine Schachtel Veronal geschluckt», stieß er heiser hervor.

«Was?»

«Ja. Während ich mit meinen Assistenten die Autopsien vornahm, stahl er sich in mein Büro und schluckte die Tabletten.»

«Und dann?»

«Ich habe es natürlich nicht sofort gemerkt ... Jetzt habe ich alles Menschenmögliche getan, aber es sieht nicht sehr rosig aus.»

«Kann ich kommen?»

«Bitte, ja ... Ich wäre froh ...»

Fünf Minuten später saß ich im Wagen und raste nach Ville-d'Avray. Meine nächtlichen Hirngespinste waren also gar nicht so abwegig gewesen. Ich war deprimiert und doch zugleich befriedigt. Jetzt konnte Monsieur le Préfet einen ziemlich vollständigen und zusammenhängenden Bericht haben. Und dann würde ich alles daransetzen, den Abbé zu retten.

Marek erwartete mich und führte mich zu Nérisse. Er lag da wie ein

Toter, mit kreideweißer Haut und eingefallenem Gesicht; die Augenhöhlen waren schwarze Löcher. Von einer großen Ampulle hing ein Schlauch herunter und verschwand unter der Bettdecke.

«Es steht schlecht», flüsterte Marek.

«Haben Sie noch Hoffnung?»

«Sehr wenig.» Er schien um Jahre gealtert. Die Runzeln in seinem Gesicht hatten sich vertieft, die Haut war fahl, und seine Stimme klang unendlich müde. «Ich habe das Menschenmögliche getan», sagte er wieder. «Kommen Sie.»

Wir gingen in sein Arbeitszimmer. Auf dem Tisch lag noch die leere Schachtel.

«Er hat sie aus der Schublade genommen», berichtete Marek. «Er ging hier ein und aus wie zu Hause. Ich bin einfach nicht auf die Idee gekommen, daß er . . .» Er zuckte müde die Achseln. «Allerdings war er seit Gaubreys Tod recht deprimiert. Ob er gestern abend etwas gehört hat? Möglich wäre es schon . . .» Er bedeckte die Augen mit der Hand. «Wenn er stirbt, habe ich alles verloren . . . Das wird das Ende des Experiments sein.»

«Und Sie meinen, es besteht überhaupt keine Chance mehr, daß er es übersteht?»

Er ließ die Hand sinken und sah mich geistesabwesend an. «Doch», sagte er schließlich. «Eine winzige Chance. Wenn er heute abend noch lebt, haben wir's geschafft . . . *Wenn!*»

Ich spürte die kalte Wut in seinen Worten. Es kam ihn hart an, zugeben zu müssen, daß er nicht Herr über Leben und Tod war. Daß er machtlos war.

Um ihn abzulenken, setzte ich ihm meine neue Theorie auseinander. Er hörte mir aufmerksam zu.

«Eigenartig», sagte er, als ich geendet hatte. «Höchst eigenartig. Aber im Grunde ganz plausibel.»

«Falls Sie Nérisse retten», fuhr ich fort, «ist er der erste, der den Selbstmordversuch überlebt hat. Von den andern wissen wir nichts. Wir haben nur die dürftigen Aufzeichnungen von Jumauge und von Gaubrey einen Zettel mit wenigen Worten . . . Wenn Nérisse etwas aussagen kann, kennen wir wenigstens sein Motiv, und gleichzeitig auch die Motive der andern . . . Sie müssen ihn um jeden Preis retten!»

«Ich verstehe», brummte Marek nachdenklich. «Nun, auch im günstigsten Fall wird es einige Tage dauern, ehe er sprechen kann.»

Wir begaben uns wieder zu Nérisse. Er hatte sich nicht gerührt. Ein Krankenwärter hielt bei ihm Wache. Ich wollte so bald wie möglich mit dem Abbé sprechen. Marek schlug mir vor, ihn in die Klinik kommen zu lassen; hier könnten wir uns ungestört unterhalten. Ich rief ihn an, und er versprach, sich zu beeilen. Jetzt begann wieder das Warten.

Ich hatte schon oft die Minuten gezählt – zuletzt in der Nacht von Myrtils Hinrichtung –, aber so langsam waren sie mir noch nie vergangen. Ich war überzeugt, daß uns Nérisse ein schreckliches Geheimnis enthüllen würde, wenn er noch dazu kam. Ich blickte ständig auf die Uhr. Ich ging in den Hof hinaus, wo mich die Hunde jaulend empfingen, und wieder zurück ins Büro. Es war mir unmöglich, stillzusitzen; Nérisse rang bei jedem Atemzug mit dem Tod – die Wahrheit hing jetzt vielleicht von einem Nerv, von einem Gefäß, von einer Zelle ab ... Es war unerträglich.

Endlich erschien der Abbé, und ich teilte ihm mit, daß Nérisse versucht hatte, sich zu vergiften. Leviret war nicht sonderlich überrascht.

«Sie werden doch nicht sagen wollen, daß Sie es erwartet haben!» rief ich aus.

«Doch. Weil es logisch ist. Das Experiment des Professors kann nicht gelingen. Es widerspricht den Gesetzen des Lebens und dem Willen Gottes.»

Er sank in Mareks Sessel und wischte sich mit der rechten, schwarz behandschuhten Hand den Schweiß von der Stirn.

«Was wissen Sie vom Willen Gottes?» fragte ich bitter. «Und außerdem ist Nérisse noch nicht tot!»

«Er wird aber sterben. Wir werden alle sterben. Jeden Morgen bete ich zu Gott, daß ich bald erlöst werde. Mit diesem Arm, der nicht mir gehört, lebe ich in der Lüge.»

«Wären Sie lieber ein Krüppel geblieben? Hätten Sie Gott einarmig besser gedient? Jetzt hören Sie mir mal zu!» Ich setzte ihm auseinander, daß meiner Ansicht nach zwischen Gewissensbissen und dem sonderbaren Todestrieb ein Zusammenhang bestand. «Auch Sie sind angesteckt», sagte ich zum Schluß. «Werden Sie nicht dauernd von Gewissensbissen geplagt – ja oder nein?»

«Ja», antwortete er leise. «Ich kenne mich selbst nicht mehr. Aber ich schwöre Ihnen, daß keine Gefahr besteht. Ich werde mich niemals ...» Er bekreuzigte sich und faltete die Hände. Sie zitterten.

Wir schwiegen eine Weile.

«Nur eines werfe ich mir vor», begann er von neuem: «Daß ich Ihr Schweigegebot befolgt habe. So bin ich zum Mitschuldigen geworden – ich weiß nicht, wovon, aber es muß etwas Schreckliches sein ... Sie vertreten Interessen, Monsieur Garric. Ich darf nur die Wahrheit vertreten.»

Ich starrte zu Boden. Ein Gefühl der Hilflosigkeit lähmte mich. Dennoch machte ich einen letzten Versuch.

«Angenommen, meine Theorie stimmt, und Sie sind, ohne es selbst zu wissen, des Lebens müde. Sie möchten nicht mehr ständig an diesen Arm denken ... Verstehen Sie mich? Dieser Arm belastet Sie zu sehr. Es ist ... Na, er ist Ihr Kreuz.»

«Genau das ist er!»

«Sehen Sie! Und alle diese trüben Gedanken, die Sie beschäftigen, diese ständige Verzagtheit, ist das nicht das Zeichen, daß er sich von Ihnen befreien will? Ihr Arm kann nicht sprechen. Aber vielleicht hat er eine innere Revolte entfesselt, die Sie nun unbewußt in Worte fassen. Und diese Worte beweisen eine Feindseligkeit gegen das Experiment, gegen den Professor, gegen mich ... Sie sind zum Gegner geworden, Leviret. Etwas in Ihnen opponiert, und Sie sagen dazu ja. Sie sind überlistet worden.»

«Mein Gott!» rief er aus. «Ich verstehe nichts mehr ... Ich werde noch verrückt!»

«Wie Gaubrey. Wie Éramble. Wie Mousseron. Wie ...»

«Hören Sie auf! Bitte, Monsieur Garric – hören Sie auf ... Sie haben sicher recht. Aber was soll ich tun?»

«Sie dürfen vor allem nicht allein bleiben. Keine Minute lang! Weil Sie sonst eines Tages plötzlich nachgeben werden wie die anderen, ganz ohne Ihr Dazutun.»

Er betrachtete die Hand im schwarzen Handschuh, die friedlich auf seinem Knie ruhte. *Diese Hand sollte imstande sein, zur Waffe zu greifen* und ...? Ich fühlte seine Angst. Ich sah, wie er um Selbstbeherrschung rang.

«Bleiben Sie eine Zeitlang hier, Abbé. Bleiben Sie, bis Nérisse wieder zu sich kommt. Und wenn er sterben sollte, bis Sie wieder ganz gesund sind. Ich werde an Ihrer Seite sein. Ich verspreche es Ihnen, daß wir diesen Albtraum bald hinter uns haben werden.»

Er sah mich an und sagte nichts. Aber ich las in seinem Blick Dankbarkeit und guten Willen. Dann versprach er, noch am selben Abend zurückzukommen, sobald er mit seinem Vikar alle Probleme im Zusammenhang mit seiner Abwesenheit geregelt hätte.

Ich war überzeugt, daß dies die beste Lösung war. Wenn Nérisse überlebte, würde er sprechen, und wir konnten dann die nötigen Maßnahmen ergreifen. Wenn er starb, würden wir den Abbé überwachen, solange es nötig war ... Ich ging nach Hause und packte meine Koffer wie für eine längere Reise.

Dann beschloß ich, Régine rasch guten Tag zu sagen. Ich hatte ja eine gute Ausrede – sie mußte wissen, wo sie mich im Bedarfsfall erreichen konnte; durch ihre Mitwisserschaft gehörte sie im weiteren Sinn zum Kreis der Personen, um die ich mich zu kümmern hatte. Aber in Wirklichkeit wollte ich sie sehen, mit ihr sprechen, ihre Stimme hören. Wir waren eine Stunde zusammen. Ich habe vergessen, worüber wir sprachen; wahrscheinlich über belanglose Dinge. Ich erinnere mich nur, daß ich ihr beim Abschied die Hand küßte.

Es war lächerlich. Ich hatte mir gar nicht viel dabei gedacht, aber ich sehe sie noch, wie sie mit feuchten Augen dastand, unfähig, etwas zu sagen und bereit, sich mir in die Arme zu werfen. Hätte man mich nicht in der Klinik erwartet ... Ich riß mich los.

Dreiviertel Stunden später bezog ich mein Zimmer in der Klinik, fest entschlossen, die letzte Schlacht zu gewinnen. Nérisse war noch am Leben. Der Professor wachte neben ihm. Er war immer noch sehr nervös, aber etwas zuversichtlicher. Ich wollte ihn bei der Wache ablösen, doch er wehrte ab. Nérisse gehörte einstweilen ausschließlich den Ärzten. Ich richtete mich ein, ordnete meine Sachen, legte die Akte und meine Notizen auf den kleinen Tisch am Fenster. Die Stunden verstrichen. Von Zeit zu Zeit ging ich mich nach Nérisse erkundigen. Marek öffnete die Tür nur einen Spalt, so daß nur die Hälfte seines Gesichts zu erkennen war, ein schwarzes, von unzähligen Fältchen umgebenes Auge. Er nickte. Nérisse atmete noch. Er war bewußtlos, aber er klammerte sich an das Leben.

Kurz vor dem Abendbrot traf der Abbé wieder ein. In dem kleinen Saal, wo sich früher der Verein getroffen hatte, war für uns ein Tisch gedeckt. Wir wagten nicht, laut zu sprechen; wir schraken vor unseren eigenen Stimmen zusammen. Es war eine traurige Mahlzeit. Später kam Marek und trank eine Tasse Kaffee mit uns. Er schien etwas gelöster.

«Die Herzschläge sind jetzt ganz normal», berichtete er. «Wenn er nur eine kräftigere Konstitution hätte! Nach allem, was er mitgemacht hat, bin ich skeptisch.»

Der Abbé bewohnte das Zimmer neben dem meinen. Er zog sich früh zurück, und ich hörte ihn beten. Schließlich verstummte das Gemurmel, und es begann unsere erste Nacht in der Festung, die vom Tod belagert wurde. Am nächsten Morgen ging es Nérisse besser, und Marek war wieder fast der alte. Er untersuchte Leviret gründlich, und die beiden hatten eine lange Aussprache.

«Er ist ein Unmensch», gestand mir nachher der Abbé. «Er glaubt nur an die Wissenschaft. Aber er ist außergewöhnlich intelligent. Ich komme da bei weitem nicht mit ... Dafür habe ich den gesunden Menschenverstand, der ihm abgeht, und ich weiß, daß er sich irrt. Und Sie auch, Monsieur Garric; Sie irren sich ebenfalls.»

Dieses Thema gab uns Stoff für unendliche Diskussionen, und ich nutzte die Gelegenheit. ‹Bewegen Sie ihn zum Sprechen›, hatte mir Marek geraten. ‹Das ist die moderne Form des Aderlasses, und obendrein noch viel wirksamer.› Wir redeten uns die Köpfe heiß. Wir lasen, aßen, schliefen und redeten wieder. So vergingen die Tage. Nérisses Zustand besserte sich weiter; Marek war sehr zufrieden. Eines Abends verkündete er:

«Morgen werden wir ihn ausfragen. Jetzt gibt es nichts mehr zu befürchten.»

An diesem Abend hörte ich noch lange das Bett im Nebenzimmer knarren. Der Abbé wälzte sich schlaflos hin und her. Auch ich konnte keinen Schlaf finden ... Morgen!

Morgen würden wir die Wahrheit erfahren.

Um neun Uhr standen wir am Bett von Nérisse. Marek hatte uns verboten, den Kranken mit allzu vielen schwierigen Fragen zu ermüden. Nérisse schien noch ziemlich schwach. Ein Krankenpfleger hatte ihm den Bart gestutzt und die Haare geschnitten, so daß er etwas besser aussah. Dieses Gesicht verwirrte mich; es schien mir etwas seltsam Verschwommenes zu haben, das nicht mehr Myrtil gehörte. Ich empfand ein unklares Mitleid mit diesem Kopf, den jetzt ein Durchschnittsmensch für sich beschlagnahmt hatte. Mit liebevoller Sorgfalt, die ich ihm nicht zugetraut hätte, deckte Marek den Kranken zu.

«Er friert immer», bemerkte er.

Nérisse lächelte schwach. Wir sagten ihm, daß er gut aussehe, und sprachen über dies und jenes. Schließlich begann der Abbé mit dem Verhör.

«Sie hätten sich an uns wenden müssen», sagte er. «Was war eigentlich los? Hatten Sie auf einmal Angst?»

«Ja», hauchte Nérisse.

«Warum?»

«Es war ... Ich hörte ein Geräusch. Ich stand auf und sah, wie unten Éramble und Mousseron vorbeigetragen wurden ... In diesem Moment habe ich begriffen, daß wir alle zum Tod verurteilt sind.»

«Na, na ...» Der Abbé lächelte: «Schauen Sie mich an. Sehe ich aus wie einer, der zum Tod verurteilt ist?»

«Ja. Genau wie die andern.»

Leviret sah mich entgeistert an. Ich bemühte mich, die Situation zu retten.

«Schließlich sind Sie noch am Leben, Nérisse. Oder wieder am Leben, meinetwegen ... Keiner ist zum Tode verurteilt; auch die andern waren es nicht. Bei ihnen lagen bestimmte Umstände vor; sie hatten Sorgen; Probleme, mit denen sie nicht fertig wurden ... Aber Sie!»

Nérisse schwieg eine Weile. Dann sagte er unvermittelt: «Ich bin ... Abfall.»

Marek runzelte die Stirn. «So haben Sie noch nie gesprochen!»

«Aber es ist doch so ... Ich lebe zwar, aber wie eine Kellerassel. Immer abseits in den Ecken. Und die ganze Zeit leide ich. Ich leide irrsinnig, unvorstellbar. Ich habe nicht gewußt, daß man so leiden kann.»

Marek wurde nervös. «Aber das stimmt doch einfach nicht!» rief er. «Ich habe Sie genau beobachtet, und ...»

«Ich sage ja nicht, daß ich Schmerzen habe», unterbrach ihn Nérisse. «Ich habe gesagt, daß ich leide ... Ich habe den Tod jedes einzelnen vorausgefühlt ... Im Bauch, im Arm, in den Beinen ... Und jetzt spüre ich es wieder. In meiner rechten Hand ...»

Der Abbé verdeckte den schwarzen Handschuh mit seiner Linken und neigte sich vor, um Nérisses Gestammel besser zu verstehen.

«Er redet irre», flüsterte ich ihm zu.

«Ich meine es nicht wörtlich», fuhr Nérisse fort. «Ich ... Es dröhnt in meinem Kopf, und ich spüre es bis in meine Hand.»

«Und an jenem Abend haben Sie es auch gefühlt?» fragte ich. «An dem Abend, an dem Sie ...»

«Ja. Da wußte ich, daß ich an der Reihe war.»

«Woher wußten Sie es?»

Er schloß die Augen und suchte nach den richtigen Worten. «Das Geräusch», murmelte er schließlich. «Dieses ... dieses pfeifende Geräusch ... immer lauter ...» Er brach ab und rang nach Luft.

Marek griff nach Nérisses Handgelenk und fühlte seinen Puls. Dann gab er uns mit dem Kopf einen Wink.

Wir erwarteten ihn im Korridor. Er kam nach wenigen Minuten.

«Was hat er eigentlich?» fragte ich ihn. «Was soll dieses wirre Gestammel? Von welchem ‹pfeifenden Geräusch› redet er?»

Marek vermied es, mich anzusehen. «Keine Ahnung.»

«Ich weiß es», sagte Leviret auf einmal leise. «Die Guillotine.»

Ich blieb wie angewurzelt stehen. *Grauenhaft* ... «Er erinnert sich also?»

«Unmöglich», erklärte Marek bestimmt. «Völlig ausgeschlossen. Denken Sie doch an alle unsere Tests! Nein, er dramatisiert einfach ... Er hat noch leichte Zirkulationsstörungen, die sich als Kribbeln in den Gliedern und als Ohrensausen bemerkbar machen; an und für sich hat das überhaupt nichts zu sagen. Er trägt ein bißchen dick auf, der Gute.»

Dann saßen wir in Mareks Arbeitszimmer, rauchten und tranken Kaffee. Der Abbé war schweigsam.

«Machen Sie sich nichts aus seinem Gefasel», munterte ich ihn auf.

«Nein ... gewiß nicht.»

Der Professor erging sich in fachlichen Erklärungen, die uns zu hoch waren. Er suchte seine Besorgnis zu überspielen. Ich unterbrach ihn.

«Jetzt sind wir genauso klug wie zuvor. Offenbar hat sich Nérisse in einer Art Delirium vergiftet ...»

«Er ist besessen», sagte Leviret leise. «Das ist kein Fall für einen Arzt – davon versteht ein Priester mehr. Nérisse ist vom Teufel besessen ... In alten Chroniken ist von Besessenen die Rede, die künftige Ereignisse voraussagen konnten.»

«Geben Sie es zu, Abbé», sagte ich und spürte selbst, wie falsch meine Munterkeit klang, «er hat Ihnen Angst eingejagt! Sie glauben doch nicht im Ernst, daß er Vorahnungen hat?»

«Warum nicht?»

Im Nu entbrannte ein heftiger Streit. Marek nannte den Priester einen Phantasten, und der Abbé warf ihm seinen kurzsichtigen Materialismus vor. Wir waren alle drei überreizt. Die Äußerungen von Nérisse hatten uns enttäuscht, und unser Unbehagen wuchs von Stunde zu Stunde. Nach dem Mittagessen schlug ich dem Professor vor, einen neuen Versuch zu machen. Wir begaben uns also wieder zu Nérisse. Er döste vor sich hin, war aber wach.

«Eines verstehen wir nicht ganz», begann ich. «Sie behaupten, Sie hätten ein Dröhnen im Kopf gespürt. Haben Sie daraufhin *den Entschluß gefaßt*, Veronal zu schlucken, oder gaben Sie einem inneren Drang nach, der stärker war als Ihr Wille?»

«Das ist zu kompliziert für ihn», murmelte Marek.

Nérisse dachte nach. «Ich wollte schlafen», sagte er schließlich. «Wenn ich schlafe, geht's mir gut ... Es ist eine Flucht.»

«Eine Flucht, so ... Kommen Sie sich denn vor wie ein Gefangener?»

Ich glaubte, in seinen Augen ein boshaftes Funkeln zu sehen, aber es war nur der Widerschein der Lampe. Sein Blick war stumpf.

«Ich weiß nicht», murmelte er. «Ich kann nicht mehr denken ... Es ist so anstrengend.»

«Warum wollten Sie sterben?» Ich ließ nicht locker. «Alle andern hatten einen triftigen Grund. Aber Sie? Es gefällt Ihnen hier; Sie haben alles, was Sie brauchen; Sie bekommen die beste Pflege ... Was war es also?»

Der Abbé neigte sich zu ihm. «Gefällt Ihnen vielleicht Ihr Kopf nicht?»

«Doch ... Nein ... Ich vermisse den richtigen.»

«Aber dieser da ist genauso richtig wie der andere», protestierte Marek. «Im Gegenteil, er ist noch besser!»

«Sie verstehen das nicht», sagte Nérisse sanft. Dann fügte er hinzu: «Ich verstehe es ja selbst nicht ... Jedesmal, wenn ich nachdenke, höre ich das Geräusch.» Er schloß die Augen und seufzte erschöpft.

«Wenn Sie beichten wollen, stehe ich Ihnen jederzeit zur Verfügung», sagte der Abbé.

«Danke», hauchte Nérisse.

Als wir draußen waren, meinte Leviret: «Der Mann braucht vor allem eine moralische Stütze. So wie wir alle! Hier erstickt er. Er lebt wie ein Versuchskaninchen, wie die Hunde draußen in ihren Zwingern.»

«Vielleicht sollte man ihn lieber in eine Anstalt einliefern?» schlug ich vor.

«Nur das nicht!» protestierte Marek. «Die weißen Mäntel, der Spitalgeruch, die Medikamente und Spritzen – das ist nichts für ihn!»

«Aber wohin soll er sonst in seinem Zustand?» fragte ich hilflos.

Keiner wußte eine Antwort.

Der Abbé ging mürrisch in sein Zimmer. Am Abend weigerte er sich, Marek hereinzulassen. Auch zwischen mir und ihm verschlechterten sich die Beziehungen ohne ersichtlichen Grund – es sei denn, dachte ich, er nimmt mir übel, daß ich oft mit Marek einer Meinung war. Der Professor verbarg nur mit Mühe seine Abneigung gegen den Priester.

«Es ist besser, wenn ich gehe», erklärte Leviret eines Morgens, als wir lustlos am Frühstückstisch saßen. «Ich brauche keine Behandlung. Der einzige, der hier krank ist, das ist Ihr Marek.»

«Ich denke, Sie haben ‹meinem› Marek einiges zu verdanken, Abbé. Und Nérisse hat er zum zweitenmal das Leben gerettet.»

Die ewigen Streitereien gingen mir auf die Nerven. Marek hatte neuerdings eine besondere Wut auf Leviret; seit einiger Zeit verlangte nämlich Nérisse mehrmals am Tag nach dem Priester, und die beiden führten lange Gespräche unter vier Augen. Der Professor hätte gern erfahren, was sie sich so leise zu erzählen hatten. Aber der Abbé gab auf seine Fragen keine Antwort. Er sagte höchstens: «Er ist ein armer Tropf. Er fürchtete sich schon immer vor der Einsamkeit . . .» Oder: «Ich leiste ihm Gesellschaft. Wir unterhalten uns.»

Es mußte etwas geschehen; so ging es nicht weiter. Nérisse fühlte sich wieder besser. Er durfte schon aufstehen. Offenbar hatte er nicht mehr die Absicht, sich etwas anzutun. Was den Abbé betraf, so hatte er nichts mehr in der Klinik zu suchen, da er sich weigerte, sich von Marek untersuchen zu lassen. Mit der Zeit verblaßte die Erinnerung an den Selbstmord von Éramble und Mousseron. Ich sehnte mich danach, wieder freie Luft zu atmen . . . Ein Rest von Vorsicht hielt uns dennoch zurück. Was würde geschehen, wenn der Abbé nicht mehr unter Aufsicht war? Oder wenn Nérisse seine Beschäftigung wiederaufnahm? Ich teilte dem Abbé meine Bedenken mit.

«Was auch geschehen wird, es ist Gottes Wille», antwortete er.

«Einverstanden. Aber sind Sie auch stark genug?»

«Ja. Soweit ein Mensch stark sein kann.»

«Ist Nérisse stark?»

«Ja. So etwas wiederholt man nicht.»

Ich wandte mich an den Professor. Er drückte sich weniger klar aus, war aber auch der Ansicht, daß wir alles unternommen hätten, was in unserer Macht stand. Jetzt müsse man das Risiko auf sich nehmen.

«Wir werden nie mehr erfahren, warum sich die andern das Leben genommen haben», sagte ich.

«Hätten wir es gewußt, wenn die beiden auch noch gestorben wären?» wandte er ein.

Solche Argumente führten zu nichts. Wir beschlossen, in zwei Tagen abzureisen. Die Spannung löste sich allmählich. Der Abbé und Marek sprachen wieder miteinander. Ich benützte den Waffenstillstand, um Régine anzurufen und mit ihr ein Rendezvous zu vereinbaren. Dann ging ich Nérisse besuchen. Er war in einen warmen Hausmantel gehüllt und las. Er nahm unseren Beschluß gefaßt auf.

«Ich glaube, ich bin geheilt», meinte er. «Aber ich möchte doch noch einmal beichten. Es würde mich beruhigen.»

«Ich kann mir nicht vorstellen, daß Sie in letzter Zeit viel Gelegenheit zum Sündigen hatten», scherzte ich.

«Und doch habe ich der Versuchung nachgegeben ... Ich verstehe es selbst nicht mehr. Irgendwie ... Es wäre mir lieber gewesen, wir wären alle gestorben ... Na ja. Ich habe es überwunden. Es wird nichts mehr passieren.»

Er begleitete mich hinaus und drückte mir die Hand.

«Ich schicke Ihnen den Abbé», sagte ich.

Er war in seinem Zimmer und las im Brevier. Als ich ihm mitteilte, daß Nérisse beichten wollte, leuchtete sein Gesicht auf.

«Passen Sie gut auf», mahnte ich. «Wenn er etwas über den Selbstmord aussagen sollte, das uns weiterhelfen kann ...»

«Sie wissen genau, daß ich nichts sagen darf.»

«Das hängt davon ab. Vielleicht vertraut er Ihnen etwas an, das von allgemein medizinischem Interesse ist ... Ich meine, Sie dürfen doch sicher verlangen, daß er in diesem Fall alles dem Professor berichtet?»

Leviret klappte ungehalten das Brevier zu. «Das müssen Sie schon mir überlassen.»

Ich ging auf mein Zimmer und verfaßte einen Bericht, in dem alles festgehalten war: Gespräche, Telefonanrufe, verschiedene Beobachtungen. Sollte die Affäre eine unerwartete Wendung nehmen und ich mich etwa verteidigen müssen, würde ich dadurch gedeckt sein. Dann ging ich zu Marek, um die Rechnung für unseren Aufenthalt in der Klinik zu bezahlen. Erst wollte er nichts davon hören, aber schließlich nahm er das Geld doch an. Er gestand mir, seine Lage sei gar nicht rosig, obwohl er aus irgendeinem Verfügungsfonds ziemlich große Summen erhalten habe, um seine Versuche durchzuführen. Höheren Orts habe man darauf bestanden, daß die Klinik während einer gewissen Zeit ‹neutralisiert› würde, damit nichts durchsickerte. Aber die vorgesehenen Kredite hätten sich wie üblich als unzureichend erwiesen; jetzt brauche er vor allem neue Patienten ... Er war auch über die weiteren Absichten der Regierung nicht im Bild und wußte nicht, ob man die Resultate des Experiments veröffentlichen oder weiterhin geheimhalten wollte.

«Diese Selbstmorde haben mit der Transplantation nichts zu tun», dozierte Marek. «Vom medizinischen Standpunkt aus ist die Schlacht gewonnen, in jeder Beziehung. Aber man wird mir diese Toten wohl trotzdem in die Stiefel ... eh, in die Schuhe schieben.»

Ich merkte, daß er mich aushorchen wollte. Vielleicht hoffte er auch, daß ich eines Tages meinen Einfluß geltend machen könnte, falls es zu einer Auseinandersetzung käme. Ich beschwichtigte ihn, so gut es ging. Plötzlich flog die Tür auf und ein Pfleger platzte ins Zimmer.

«Was ist los?» rief Marek wütend.

«Nérisse ...» stieß der Pfleger hervor. «Er ist ... Er hat einen Anfall!»

Wir stürzten hin. Nérisse wälzte sich stöhnend auf dem Bett.

«Warten Sie draußen auf mich, Monsieur Garric», ordnete Marek an. «Das hat mir dieser Abbé eingebrockt! Ich hätte es niemals zulassen dürfen ...» Die Tür fiel vor meiner Nase ins Schloß.

Ich wartete mit klopfendem Herzen. Wahrscheinlich hatte es tatsächlich mit der Beichte zu tun. Vielleicht hatte der Abbé ihm die Absolution verweigert, wenn er nicht die ganze Wahrheit sagte ... Alle möglichen Erklärungen schossen mir durch den Kopf.

Als Marek wieder herauskam, wirkte er ziemlich gefaßt. «Jetzt geht das wieder los», knurrte er ungehalten. «Immer dieselbe fixe Idee! Er behauptet, er sei zum Tod verurteilt. Ihr kleiner Pfaffe hat gute Arbeit geleistet ... Wo steckt er überhaupt?»

«Wahrscheinlich in seinem Zimmer.»

Er war tatsächlich dort. Er hing am Fensterkreuz.

Ich fiel ohnmächtig um.

Mein Zustand war nicht ernsthaft bedenklich, aber immerhin steckte mich der Professor ins Bett und isolierte mich eine Woche lang von der Außenwelt. Er sorgte in jeder Hinsicht vorbildlich für mich, achtete aber mit eiserner Strenge auf die Einhaltung des Besuchsverbots. Er befürchtete Komplikationen, denn der Schock war heftig gewesen, und ich war offenbar nicht für derartige Aufregungen geschaffen.

Marek besuchte mich jeden Tag nach dem Mittagessen und setzte sich an mein Bett. Am Anfang hatte ich ihm große Sorgen gemacht. Ich erfuhr, daß auch der Zustand von Nérisse sehr schlecht gewesen war. Aber allmählich ging es uns beiden wieder besser. Vorläufig durfte ich die Klinik jedoch noch nicht verlassen. Marek hatte meine Vorgesetzten benachrichtigt.

Der unglückliche Abbé war auf dem Friedhof von Vanves beerdigt worden. Auf dem Totenschein stand: Gehirnembolie. Andreotti hatte alles arrangiert. Die Beerdigung hatte in aller Stille stattgefunden. Régine war nicht hingegangen und hatte auch keinen Kranz geschickt. Ich wußte ihre Diskretion zu schätzen.

Blieb noch die letzte Frage: Warum hatte sich der Abbé umgebracht? Hatte Nérisse in seiner Beichte etwas gesagt, das ihn dazu veranlaßt hatte? Kaum vorstellbar. Marek traute sich einstweilen noch nicht, Nérisse danach zu fragen – schon weil man ihm der Vorsicht halber diesen letzten Selbstmord verheimlicht hatte. Auch diesmal hatte Nérisse dieselben Symptome gezeigt wie früher, nur war die Krise noch heftiger gewesen. Beim Tod von Gaubrey, und vor allem bei Éramble und Mousseron, hatte er ebenso reagiert.

«Ich habe keine Erklärung dafür», sagte Marek resigniert. «Wenn ich nicht gegen alle exakte Naturwissenschaft annehmen soll, daß zwischen Nérisse und den andern so etwas wie eine telepathische Verbindung bestanden hat ...» Er zuckte die Achseln.

Betont beiläufig erkundigte ich mich nach Régine.

«Sie ruft jeden Tag an», berichtete er. «Die Ereignisse haben sie arg mitgenommen. Sie hat Herz, die Kleine!»

Diese Bemerkung des Professors erstaunte mich. Warum eigentlich? Schließlich war auch das nur eine Tatsache, die er registrierte. Dann rätselten wir über den Abbé. Sobald ich mich aber aufzuregen begann, gab mir Marek ein Beruhigungsmittel, und ich versank für eine Weile in Dämmerschlaf und vergaß alle Probleme.

Langsam fand ich mein Gleichgewicht wieder. Und ich gab mich geschlagen: Wir würden nie mehr die letzte Wahrheit erfahren; Nérisse war viel zu verwirrt, um sich klar auszudrücken, und die andern hatten das Geheimnis mit ins Grab genommen. Trotzdem konnte ich nicht vergessen, was der Abbé über die Freiheit und seinen Abscheu vor dem Selbstmord gesagt hatte. Er war so stark und sicher gewesen! Und nun hatte auch er ... Warum waren die Selbstmorde eigentlich immer rascher aufeinandergefolgt – wie eine Seuche, die plötzlich mit doppelter Kraft um sich griff? Und warum war Nérisse, von allen weitaus der schwächste, als letzter übriggeblieben? Sämtliche Theorien, die ich mir zurechtgelegt hatte, schienen mir lächerlich und hohl. Worte. Nichts als Worte ... Wenn überhaupt ein Mensch all diese Fragen beantworten konnte, dann Nérisse. Er hatte Leviret zuletzt gesehen. Und kurz nach ihrem Gespräch hatte sich der Abbé erhängt ...

Ich verstand Mareks Bedenken; Nérisse durfte keinesfalls von diesem letzten Selbstmord erfahren. Aber konnte man ihn nicht unter irgendeinem Vorwand bitten, zu erzählen, worüber sie vor und nach der Beichte gesprochen hatten? Wenn Marek es nicht tun wollte, würde eben ich Nérisse ausfragen, sobald ich mein Zimmer verlassen durfte ... Warum eigentlich nicht jetzt gleich? Was hinderte mich daran, hinauszuschleichen? Ich konnte gehen, mir war nicht mehr schwindlig. Ich war wieder gesund.

Bei einem Genesenden, der alle Muße zum Nachdenken hat, kann so etwas zur fixen Idee werden. Ja, ich würde ohne Marek handeln. Er würde nur Einwände machen; also mußte ich die Nacht abwarten ... Aber vielleicht wachte ein Krankenpfleger bei Nérisse? Man konnte nie wissen. Und wenn Nérisse von Schlafmitteln betäubt war? Bedenken. Hindernisse. Schwierigkeiten. Aber um so mehr lockte es mich. Was riskierte ich schon? Eine Auseinandersetzung mit Marek, im schlimmsten Fall. Darauf konnte ich es ankommen lassen.

Trotzdem wollte ich möglichst wenig dem Zufall überlassen. Ich wartete bis elf Uhr. Die Klinik lag in tiefem Schlaf, als ich mich aus dem Zimmer stahl. Der lange Korridor war leer. Auf Zehenspitzen ging ich zu Nérisses Zimmer.

Niemand wachte bei ihm. Er lag auf dem Rücken und schlief mit offenem Mund. Ich konnte ihn im Licht der blauen Nachtlampe deutlich sehen. Ich schloß die Tür und trat leise an sein Bett. Es war warm im Zimmer, so daß er sich aufgedeckt hatte. Ich sah die breite Narbe, die den Hals wie eine Schlinge umgab. Es tat mir fast leid, ihn wecken zu müssen; er schlief so friedlich. Aber es mußte sein ... Ich streckte den Arm aus, um seine Schulter zu berühren. Der Ärmel war hochgerutscht und gab einen seltsamen Fleck auf dem Arm frei. Ich schaute näher hin. Meine Augen registrierten das Bild, noch ehe mein Verstand begriff ... Ich stand wie vom Donner gerührt. Ein Herz mit einem Pfeil. Und vier Buchstaben, ein wenig verzerrt durch die im Schlaf erschlaffte Muskulatur: LULU.

Ich zitterte am ganzen Leib. Der Schweiß brach mir aus. Dann riß ich mich zusammen und hob behutsam das Laken hoch ...

Ich weiß nicht, wie ich wieder in mein Zimmer gelangte. Ich weiß nicht, wie ich es schaffte, mich anzuziehen und die Klinik zu verlassen. Ich weiß nur, daß ich schließlich in einem Taxi saß.

«Sind Sie krank?» fragte der Fahrer.

«Ja ... ja ... Fahren Sie schnell!» Ich gab ihm die Adresse des Polizeipräfekten und sank völlig erledigt ins Polster zurück.

Andreotti glaubte zuerst, ich sei betrunken. Ich konnte kaum mehr auf den Füßen stehen. Ich zitterte. Dann merkte er, was mit mir los war. Er packte mich in einen Sessel, breitete eine Decke über meine Knie und gab mir einen tüchtigen Schluck Cognac.

«Ich weiß alles ... ich weiß alles», wiederholte ich ständig.

Er war ärgerlich, weil ich ihn aus dem Schlaf geweckt hatte, aber er hatte begriffen, daß etwas Besonderes vorgefallen sein mußte. Er sah mich an. Er wartete auf meinen Bericht.

«Myrtil ist nicht tot!» stieß ich schließlich hervor.

Er sah mich groß an. Nein, ich mußte es anders anpacken, sonst glaubte er mir nicht. Kein Mensch würde mir glauben. Ich sah im Geiste, was kommen mußte: Krankheitsurlaub. Kur. Der Amtsarzt. Ein psychiatrisches Gutachten ... *Nein, nein – ganz harmlos!* Die vorzeitige Pensionierung.

Ich mußte Ordnung in meine Gedanken bringen. Die plötzliche Erleuchtung, die am Bett von Nérisse über mich gekommen war, konnte man einem unvorbereiteten Außenstehenden nicht so ohne weiteres an den Kopf werfen. Aber die Zeit verstrich. Der Präfekt wartete ... Ich bat um ein zweites Glas Cognac.

«Erinnern Sie sich doch, Garric», sagte er sanft, während er mir eingoß, «Myrtil ist vor glaubwürdigen Zeugen hingerichtet worden. Sein Körper wurde aufgeteilt ... Wissen Sie das nicht mehr?»

«Doch, doch ... Aber darum geht es gar nicht!»

Andreotti runzelte die Stirn. «Jetzt nehmen Sie sich mal zusammen, Garric! Also, was ist los?»

Ich trank einen Schluck; dann holte ich tief Luft. «Ich weiß, daß Myrtil hingerichtet worden ist. Ich weiß, daß es glaubwürdige Zeugen dafür gibt. Aber schließlich bin ich wohl auch ein glaubwürdiger Zeuge ... Darf ich weit ausholen?»

«Bitte schön. Solange Sie Myrtils Tod nicht anzweifeln ...»

«Einverstanden. Lassen wir die Frage vorläufig offen.» Das Blut pochte mir in den Schläfen. Der Alkohol brannte mir im Magen. Aber meine Gedanken wurden allmählich klarer.

«Niemand kannte Myrtil besser als Régine Mancel», begann ich. «Einverstanden?»

«Ja.»

«Gut. Sie hat mir Myrtil genau geschildert: Ein entschlossener und gerissener Egoist, der durchsetzte, was er sich vorgenommen hatte ...»

«Ich weiß, ich weiß», unterbrach der Präfekt ungeduldig. «Nur hat sie keine Ahnung von der Wandlung, die mit Myrtil zuletzt vorgegangen ist.»

«Eben darauf will ich hinaus: Hat er sich tatsächlich gewandelt? Hat er nicht vielleicht Theater gespielt?» Ich trank noch einen Schluck. «Wieviel von seiner Beute ist eigentlich sichergestellt worden? Bestenfalls das Geld von den Überfällen, die man ihm nachweisen konnte. Aber er muß darüber hinaus Hunderttausende erbeutet haben. Millionen wahrscheinlich. Und die hat er nicht zurückgegeben.»

«Da hat er viel davon!» Andreotti grinste.

«Wer weiß ... Myrtil kannte Professor Marek. Fragen Sie mich nicht nach Beweisen – wir werden sie schon finden. Ich behaupte, daß sie sich nicht nur kannten, sondern auch unter einer Decke steckten.»

Der Präfekt setzte sich mir gegenüber und schlug die Zipfel seines Morgenrocks übereinander. «Lächerlich!» knurrte er.

«Nehmen wir es trotzdem einmal an. Warum sollten sie sich nicht gekannt haben? Vielleicht hat ihn Myrtil vor seiner Verhaftung aufgesucht. Oder er hat durch Zeitungen erfahren, daß Marek auf Transplantationen spezialisiert ist. Das war schließlich kein Geheimnis ... Außerdem hat Marek ihn sicherlich in seiner Zelle aufgesucht, nachdem Myrtil beschlossen hatte, seinen Körper der Wissenschaft zu vermachen – der Professor mußte ihn schließlich untersuchen, alle möglichen Analysen machen, was weiß ich ... Und Myrtil besaß ein riesiges Vermögen, während Marek viel Geld für seine Versuche benötigte.»

«Was wollen Sie damit sagen?»

«Folgendes: Myrtil wußte, daß er verloren war. Was riskierte er also, wenn er mit Marek ein letztes Experiment wagte? Marek rühmte sich, die totale Transplantation durchführen zu können. War das nicht die einzig mögliche Rettung?»

«Ich verstehe immer noch nicht.»

«Sehen Sie, Monsieur le Préfet, die totale Transplantation kann nicht nur in einer Richtung durchgeführt werden. Sie besteht nicht einfach darin, ein Glied von einem Menschen auf den andern zu übertragen. Man kann dieses Glied ebensogut wieder abnehmen und auf den ursprünglichen Besitzer wieder zurückübertragen.»

«Was wollen Sie eigentlich», rief der Präfekt unwirsch aus. «Myrtil war tot, mausetot!»

«Das ist es ja eben ... Vielleicht war er gar nicht so tot, wie Sie glauben. Jetzt kommen wir zum springenden Punkt: Gaubrey war mit Myrtils Arm immer noch Gaubrey, Éramble mit Myrtils Bein immer noch Éramble und so fort. *Aber war Nérisse mit Myrtils Kopf immer noch Nérisse?*»

Der Präfekt hatte allmählich die Nase voll. «Mann Gottes, Sie haben doch selbst verschiedene Tests vorgenommen – es steht sogar in Ihren Berichten!»

«Stimmt. Wir haben uns gefragt, ob Nérisse tatsächlich Nérisse sein würde, wenn er aus der Narkose erwachte. Und weil wir uns alle vom Wunder der modernen Chirurgie blenden ließen, haben wir Marek geglaubt und sind davon ausgegangen, daß nach der Operation noch immer Nérisse vor uns liegen würde. Keinen Augenblick lang haben wir daran gedacht, daß Nérisse ein Simulant und in Wirklichkeit Myrtil sein könnte. Ein Myrtil, der im Besitz seiner ganzen Intelligenz und Schlauheit war.»

Der Präfekt war sehr nachdenklich geworden. Er hielt den Kopf gesenkt und sagte nur: «Weiter ...»

«Der Kopf ist ein Körperteil, der sich wie jeder andere transplantieren läßt. Wir haben ja den Beweis ... Nur ist es der alte Kopf, der zusammen mit dem neuen Körper wieder lebendig wird. Der neue Körper wird von dem fremden Kopf beherrscht: Myrtils Großhirn hat mit Hilfe von Nérisses Körper die Komödie gespielt: Myrtil ist im Körper von Nérisse wiederauferstanden. Und mit Hilfe von Marek hat er uns angelogen ... Darum auch Mareks geradezu idiotische Theorie vom Blut als ‹Träger der Charaktereigenschaften und Gewohnheiten›, oder wie er sich ausgedrückt hat – er mußte uns das einreden, sonst wären wir ihm womöglich auf die Schliche gekommen! Und Marek hat genau gewußt, weshalb er jede fachwissenschaftliche Kontrolle ablehnte! So war es verhältnismäßig leicht, uns hinters Licht zu führen.»

Andreotti sah mich an. «Also gut», sagte er langsam. «Angenommen, Myrtil und Marek sind Komplicen ... Wie geht es weiter?»

«Wir können davon ausgehen, daß Myrtil keine Lust hatte, mit dem armseligen Körper eines Nérisse weiterzuleben. Nein; Myrtil geht aufs Ganze; er will haben, was ihm gehört ... Ich weiß nicht, welchen Pakt er mit Marek geschlossen hat, aber ich wette, daß er seine Millionen nur tropfenweise hergibt: Soundso viel pro Glied! Soundso viel pro Organ!»

Der Präfekt legte die Hand über die Augen. «Es ist ungeheuerlich ... Bitte, fahren Sie fort.»

«Myrtil muß also die sechs Opfer, die alle einen Teil von ihm bekommen haben, der Reihe nach umbringen. Er geht vorsichtig ans Werk. Der Selbstmord von Jumauge weist ihm den Weg, den er einzuschlagen hat.»

«Sind Sie immer noch überzeugt, daß es Selbstmord war?»

«Ja. Ich war dabei. Und außerdem ist das Tagebuch von Jumauge sehr aufschlußreich. Raffiniert, wie er ist, sieht Myrtil sofort, wie er sich die Gewissenskonflikte der Opfer nutzbar machen kann. Mit Mareks Hilfe tarnt er seine Verbrechen fortan als Selbstmord ... Ich will nicht auf Einzelheiten eingehen, aber ... Nehmen wir Simone Gallart: Marek gibt ihr ein Beruhigungsmittel und sagt ihr, sie sollte beim Erwachen das Zeug auf einmal einnehmen. Sie vergiftet sich. Gleich darauf sind wir an Ort und Stelle. Er läßt ein Rezept im Zimmer liegen, das ihn jeder Verantwortung enthebt.»

«Jaaa ...» sagte Andreotti gedehnt. «Und er hatte natürlich alle Trümpfe in der Hand. Wir haben nicht nur jede Untersuchung verhindert, sondern ihm auch noch die Erlaubnis zur Autopsie gegeben ... Er konnte uns erzählen, was er wollte.»

«Ja, eben ... Sobald er die Leiche hatte, brauchte er nur das alte Organ wieder auf Myrtil zu transplantieren. Deshalb ging es auch Nérisse immer so schlecht – weil er fortwährend operiert wurde. Deshalb durften wir ihn fast nie sehen.»

«Unglaublich! Ich frage mich, Garric, ob wir nicht beide träumen.»

«Darf ich Sie daran erinnern, Monsieur le Préfet, daß Sie mir am ersten Tag selbst sagten, wir befänden uns in einer Epoche der unglaublichsten Entdeckungen, und wir müßten unser althergebrachtes Denken ablegen?»

Andreotti holte sich ebenfalls ein Glas und goß uns ein.

«Mir ist kalt», sagte er. «Ich weiß nicht, ob Ihre Enthüllungen allein daran schuld sind, aber ein Schluck wird mir guttun ... Sie sagen also, daß Myrtil, alias Nérisse, alle ermordet hat?»

«Bis auf Jumauge, ja. Das heißt, ich hatte noch keine Zeit, mich zu vergewissern. Ich rede einstweilen noch ins Unreine, sozusagen. Aber ich bin sicher, daß es in groben Zügen stimmt. Und es paßt alles zusammen. Bei Gaubrey zum Beispiel: Marek hat ‹Nérisse› zur Vernissage mitgenommen; Gaubrey ist blau wie ein Veilchen, oder er ist tatsächlich müde; er geht in Massarts Büro – und für Nérisse alias Myrtil ist es eine Kleinigkeit, in dem Gedränge kurz zu verschwinden und den ahnungslosen Gaubrey über den Haufen zu schießen ... Bei Éramble klappt es ebenso nahtlos. ‹Nérisse› muß das Geschäft nur rechtzeitig vor unserer Ankunft verlassen ... Fällt Ihnen nicht auf, wie rasch wir jedesmal in Mareks Wagen an Ort und Stelle waren? Marek brauchte die Leichen noch warm!»

Der Präfekt hob den Kopf. «Und Mousseron? Myrtil hat sich doch wohl kaum im Haus versteckt, während Sie unten im Geschäft ...»

«Nein, das hat er nicht ... Lesen Sie in meinem Rapport nach: Wir warteten mehrere Minuten vor dem Geschäft, während Marek den Revolver suchte.»

«Marek!»

Ich nickte. «Er hat wohl nur einfach die Gelegenheit ausgenutzt. Ich glaube nicht, daß es geplant war. Aber er verringerte das Risiko, und außerdem konnte er zwei Transplantationen auf einmal vornehmen – zwei Raten gleichzeitig erledigen, wenn Sie so wollen.»

«Mensch auf Raten ...» murmelte der Präfekt.

Es entstand eine lange Pause.

«Und der Abbé?» fragte er schließlich.

«Das war natürlich wieder Myrtil. Während ich mit Marek diskutierte, hat er ihn erwürgt und in sein Zimmer hinübergetragen ... Praktisch vor meinen Augen! Ich wäre wahrscheinlich niemals auf die Wahrheit gestoßen, wenn ich nicht den Einfall gehabt hätte, mich ins Zimmer des Pseudo-Nérisse zu schleichen. Und da habe ich es gemerkt: Ich entdeckte auf seinem Arm die Tätowierung, die den Abbé so gestört hatte. Ich sah auch die Narbe der alten Schußverletzung am Bein ... Kurz und gut, ich bin sicher, daß ich auf dem richtigen Weg bin.»

Der Präfekt rieb sich das Kinn und starrte auf den Teppich. «Haben Sie schon an die Folgen gedacht?» fragte er.

«Nein. Ich gestehe, daß ... Es war schon kompliziert genug, alle Fakten zu sammeln.»

«Myrtil ist nach dem Gesetz hingerichtet worden. Wenn er jetzt noch leben sollte – oder wieder, was weiß ich ... Ich bitte Sie – man kann ihn doch nicht zum zweitenmal ... Es gibt keinen solchen Paragraphen

... Nein, das ist ausgeschlossen! Stellen Sie sich den Skandal vor! Eine Regierung, die mit den besten Absichten einem genialen Mediziner freie Hand läßt ... Garric, das müssen wir uns gründlich überlegen.»

«Aber man muß die beiden verhaften, Monsieur le Préfet.»

«Gewiß. Obwohl ... Unter welcher Anklage eigentlich?»

«Sie haben sechs Menschen umgebracht!»

«Moment mal! Wir dürfen nicht vergessen, daß zumindest zwei oder drei davon bereits klinisch tot waren, oder doch so gut wie, als die Operation ... Und Myrtil selber war ja auch tot, verdammt noch mal! Man hat ihn geköpft – das überlebt keiner. Und wenn er jetzt hinterher ... Aber gesetzlich ist er tot!» Er wußte nicht mehr ein noch aus.

«Also gut; er ist tot. Er hat bloß nach seinem Tod sechs Menschen ermordet ... Nein, fünf. Mousseron geht wohl auf Mareks Konto.»

«Gehen Sie hin und erzählen Sie das im Ministerium! Was glauben Sie, was dann passiert? Wollen Sie uns beide in die Klapsmühle bringen?» Er trank. Seine Hand zitterte. «Können Sie wenigstens *beweisen*, daß diese Selbstmorde in Wahrheit Morde sind?»

«Sie brauchen nur mit mir in die Klinik zu kommen, Monsieur le Préfet. Dann werden Sie es selbst sehen.»

Der Präfekt sagte ein Wort, das man von würdigen Staatsdienern in seiner Position nicht oft hört. In diesem Augenblick klingelte das Telefon.

Andreotti sagte das Wort noch einmal und griff zum Hörer.

«Andreotti ... Ja, persönlich ... Ja ...» Aufgeregt winkte er mir, den zweiten Hörer zu nehmen. Ich erkannte Mareks Stimme.

«Ich suche überall Monsieur Garric», sagte der Professor. «Er ist weder in der Klinik noch bei sich zu Hause ... Dabei ist etwas Schreckliches passiert. Nérisse ist gestorben.»

Andreotti holte tief Luft. «Woran denn?» fragte er.

«Herzschlag. Der Nachtpfleger hat ihn vor einer halben Stunde tot aufgefunden.»

«Sind Sie sicher, daß es ein Herzschlag war?»

«Absolut sicher. Der Autopsiebericht wird morgen vorliegen.»

«Schicken Sie ihn direkt an mich», sagte der Präfekt. «Von jetzt an kümmere ich mich um alles.» Er legte den Hörer auf.

«Sehen Sie», sagte ich erregt, «er hat ihn umgebracht ... Er ahnt, daß ich die Wahrheit entdeckt habe, und da hat er ihn aus der Welt geschafft. Wenn man nicht sofort etwas unternimmt, haben wir überhaupt keinen Beweis mehr!»

«Nur mit der Ruhe, Garric, nur mit der Ruhe! Sie haben ja gehört – ich werde mich von jetzt an um alles kümmern ... Sie sind ja völlig am Ende, Mann. Schlafen Sie sich aus; ich werde inzwischen die einzelnen Punkte der Reihe nach untersuchen ... Der kleinste Fehler, jede Unvorsichtigkeit kann die schwersten Folgen haben, verstehen Sie?» Er hielt inne. «Sagen Sie ... welche Rolle spielte eigentlich diese Mancel in der ganzen Affäre?»

Jetzt brachte er Régine aufs Tapet, während Marek ...

«Gar keine», sagte ich ungeduldig. «Für Myrtil zählte sie nicht mehr. Er hat sie natürlich nicht eingeweiht ... Nein, Monsieur le Préfet, glauben Sie mir; der Fall ist klar. Man muß Marek so schnell wie möglich verhaften. Und auch seine Mitarbeiter!»

«Selbstverständlich», erwiderte Andreotti in einem versöhnlichen Ton, der mich wütend machte. «Gehen Sie nach Hause ... Ich glaube, ich habe Sie zu sehr strapaziert. Es ist an der Zeit, daß ich die Zügel wieder in die Hand nehme.»

«Vergessen Sie nicht, Monsieur le Préfet – Marek ist gefährlich!»

«Ja», sagte Andreotti abwesend. «Mit Myrtils Hinrichtung ist die rechtliche Seite der Angelegenheit erledigt ... Aber es ist ein starkes Stück!»

Er schleppte mich mit sanfter Gewalt zur Tür und versicherte mir noch einmal, daß alles Nötige getan würde. Ich solle Vertrauen haben; im übrigen werde man meine hervorragende Arbeit zu würdigen wissen.

Ich fiel beinah um vor Müdigkeit und Schlaf. Auf der Heimfahrt machte ich noch eine letzte Anstrengung, um alles zu rekapitulieren. Nein, ich hatte nichts vergessen. Alles stimmte bis ins kleinste Detail: Die Äußerungen des falschen Nérisse, seine glänzend simulierte Krankheit, Mareks unerschütterlicher Gleichmut, und dann die plötzliche Panik, als Myrtil nach dem Tod von Éramble und Mousseron infolge der doppelten Transplantation beinah umgekommen wäre ... Der schlaue Fuchs hatte eine Ausrede gehabt; er hatte behauptet, Nérisse habe sich vergiften wollen ... Marek hatte uns von Anfang an an der Nase herumgeführt, und der Präfekt ließ sich wahrscheinlich immer noch täuschen. Ich hatte ihn nicht restlos überzeugt. Ich hatte bestenfalls seinen Glauben erschüttert. Aber morgen würde ich ihm die Sache noch einmal vortragen, in allen Einzelheiten. Ich würde ihn schon zur Einsicht bringen!

Garric drückte seine Zigarette aus und zählte die Blätter. Noch zwei oder drei Seiten, um gegen die unangemessene Entscheidung zu protestieren, deretwegen er sich plötzlich sechstausend Kilometer von Paris entfernt befand. In einem Exil, das noch Jahre dauern konnte ... Er betrachtete den großen Umschlag, den er von Hand adressiert hatte:

MONSIEUR LE PRÉSIDENT DE LA RÉPUBLIQUE
PALAIS DE L'ÉLYSÉE
PARIS VIIIe

Seine letzte Chance! Wenn man ihn nicht anhören wollte, blieb ihm nichts anderes übrig, als sich eine Kugel durch den Kopf zu jagen. Nie würde er sich an diese Operettenkulisse gewöhnen, an dieses geruhsame, stumpfe Leben voller gähnender Langeweile ... Er erhob sich und ging zum Fenster: Palmen. Das Meer. Gefangenschaft ... Früher hatte man Hochverräter auch schon in eine Strafkolonie geschickt. Nur war er kein Hochverräter. Er zahlte für die andern!

«Du mußt dich fügen», wiederholte Régine immer wieder. «Tu, als würdest du aufgeben. Mach das Spiel mit, dann werden sie dich bald nach Paris zurückholen.»

Nein! Lieber wollte er hier krepieren. Aber vorher sollten die im Ministerium was erleben! Die Ordonnanz klopfte an die Tür. Es war ein ehemaliger Kolonialsoldat mit einem Arm und mehreren Medaillen. Er roch nach Rum – alles stank nach Rum in diesem Kaff. Er warf einen Haufen Zeitungen auf den Schreibtisch: Le Phare de la Guadeloupe, L'Indépendant de Pointe-à-Pitre, *und auch* Figaro, Le Monde *und* France-Soir, *die gerade mit der Boeing angekommen waren. Garric entfaltete den* Figaro *und las die Schlagzeile:*

NOBELPREIS FÜR MEDIZIN
AN PROFESSOR ANTON MAREK VERLIEHEN

Die Buchstaben tanzten vor seinen Augen. Er mußte sich setzen. In letzter Zeit befiel ihn bei der geringsten Aufregung ein Zittern in den Beinen, und sein Herz begann wild zu pochen. Er warf einen Blick auf die übrigen Zeitungen:

... Frankreichs Prestige ... Entscheidender Fortschritt der französischen Wissenschaft ...

Dann betrachtete er wieder die Blätter seines Berichtes. Noch gestern war dieses Aktenbündel ein Stück Geschichte. Heute würde es kein Mensch im Élysée-Palast mehr lesen. Heute war es ... Es war ein Roman. Ein utopischer Roman.

Garric zerriß langsam den Umschlag. Mochte es ein Roman sein! Wennschon – dennschon! Auch ein Buch kann Gerechtigkeit fordern. Und in Paris fehlte es nicht an Verlegern ...

Er nahm das Adreßbuch und begann zu suchen.

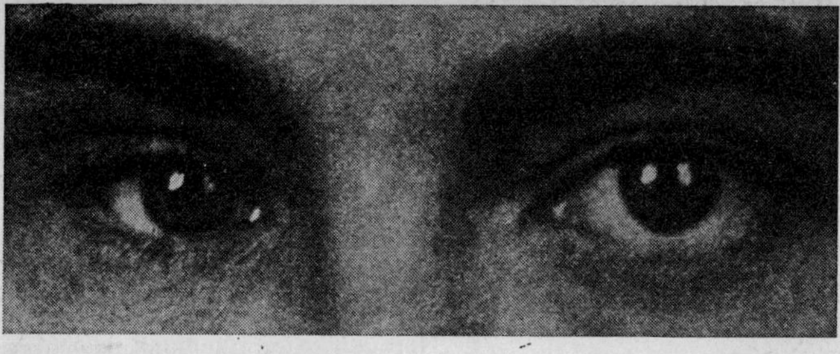

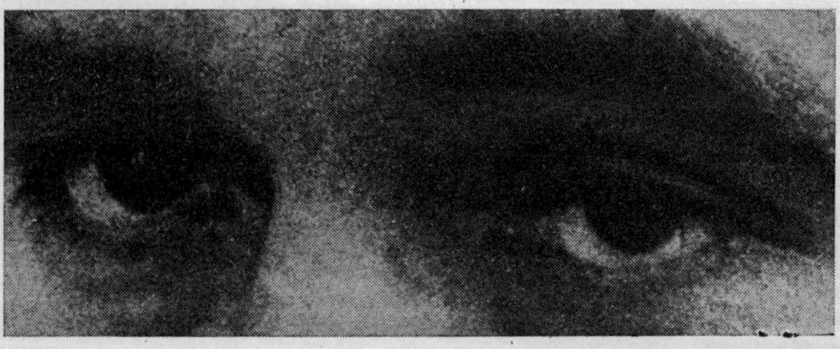

530/5